Project Mc²

EL brillante libro DE EXPERIMENTOS

JADE HEMSWORTH

EXPERIMENTOS PROPORCIONADOS POR LOS DOCTORES MARGUERITE Y ZOLTÁN L. BENKÖ

ALFAGUARA

W0353361

Papel certificado por el Forest Stewardship Council®

MIXTO
Papel procedente de fuentes responsables
FSC® C117695

Título original: *Project Mc^2: The Pretty Brilliant Experiment Book*
Primera edición: noviembre de 2017

© 2017, MGA, LLC.
Project Mc^{2}™ & © MGA Entertainment, Inc.
Todos los derechos reservados
© 2017, Penguin Random House Grupo Editorial, S. A. U.
Travessera de Gràcia, 47-49. 08021 Barcelona
Diseño de Kayleigh McCann
© 2017, Mariola Cortés-Cros, por la traducción

Penguin Random House Grupo Editorial apoya la protección del *copyright*.
El *copyright* estimula la creatividad, defiende la diversidad en el ámbito de las ideas y el conocimiento, promueve la libre expresión y favorece una cultura viva. Gracias por comprar una edición autorizada de este libro y por respetar las leyes del *copyright* al no reproducir, escanear ni distribuir ninguna parte de esta obra por ningún medio sin permiso. Al hacerlo está respaldando a los autores y permitiendo que PRHGE continúe publicando libros para todos los lectores.
Diríjase a CEDRO (Centro Español de Derechos Reprográficos, http://www.cedro.org) si necesita fotocopiar o escanear algún fragmento de esta obra.

Printed in Spain – Impreso en España

ISBN: 978-84-204-8704-5
Depósito legal: B-20.822-2017

Impreso en Talleres Gráficos Soler, S.A.

AL 8 7 0 4 5

Penguin Random House Grupo Editorial

ÍNDICE:

© MGA

INTRODUCCIÓN: ¡CONTRA RELOJ!

El equipo de NOV8 estaba formado por agentes secretas y amigas —las mejores amigas, probablemente—, ya que nada en el mundo une más a la gente que estar secuestrados juntos. Casi no podían verse entre ellas en aquella habitación sombría. No debía de tener más de 3,5 metros de largo por 3,5 metros de ancho, con un techo bajo y una única y minúscula ventana que apenas dejaba pasar la luz. El tiempo se estaba agotando y necesitaban salir de allí antes de que el suelo se derrumbara y cayeran en un pozo de pirañas hambrientas que había justo debajo.

Camryn Coyle, la reina de la construcción de NOV8, tiraba de la cuerda. Estaba atada por las muñecas, pegada a la silla.

—Está demasiado apretada —dijo—. No me puedo mover.

—Ni yo —dijo la gurú de la tecnología, Bryden Bandweth.

—Se nos está acabando el tiempo —añadió la líder del equipo, McKeyla McAlister.

Se escuchó una voz a través del altavoz de la pared: «Un minuto».

—¡No me puedo creer que nos vayamos a caer en un pozo lleno de pirañas hambrientas! —Adrienne Attoms, una química culinaria, intentaba darse la vuelta para mirar a sus amigas. Solo llegaba a avistar un trocito de Camryn. Las sillas de las cuatro estaban atadas juntas, espalda contra espalda.

—¡Odio las pirañas! —dijo Camryn haciendo una mueca de dolor—. Son como peces de colores, pero con dientes.

—Habría sido mejor que fueran tiburones —dijo Bryden—. Un mordisco y todo habría terminado.

McKeyla miró hacia la pequeña ventana del techo. Un fino rayo de luz atravesaba la habitación. Pensó en los diferentes inventos que habían llevado a cabo junto con su equipo de NOV8 en las últimas semanas mientras se preparaban para su siguiente misión. ¿Habría alguno que las pudiese salvar en aquel momento?

—Esperad un momento, chicas. Tengo una idea —dijo McKeyla—. Adri, ¿aún tienes tus polvos compactos?

Adrienne frunció el ceño:

—¿Por? ¿Tengo brillos en la cara?

—Algunos... Pero no los necesito para eso —dijo McKeyla—. Bry, si llegas al bolsillo de Adri, podrás acercarme los polvos y yo se los pasaré a Cam.

—Ah..., es ella la que tiene brillos —dijo Adrienne, claramente aliviada—. Iba a decir algo, pero no creí que fuese el momento.

Bryden alcanzó con cuidado el bolsillo trasero de Adrienne, dejándolos caer en su mano. Se los dio a McKeyla, que se los pasó a Camryn, quien los abrió. Adrienne había diseñado el estuche de los polvos hacía unas semanas. Después de su última misión, le había añadido una lupa dentro de la caja para que pudiese perfeccionar su aspecto y, «de paso», ayudarlas si se encontraban en una situación complicada. Las chicas siempre estaban inventando cosas nuevas e intentando mejorar las antiguas para que no les pillara desprevenidas lo que pudiese pasarles a continuación.

—Ya veo por dónde vas —dijo Camryn, inclinando la lupa para que atrapara el rayo de luz—. Lo que tengo que hacer es moverlo hasta que toda la radiación solar que incide en la lente se centre en un único punto, elevando la temperatura de ese punto lo suficiente como para que se dé una reacción química.

La voz retumbó por el altavoz: «Treinta segundos».

Camryn movió la lente arriba y abajo, llevando el rayo de luz hasta la cuerda que sujetaba las manos de McKeyla. El rayo generó tanta energía solar que se empezó a formar un pequeño hilo de humo cuando comenzó a quemarse.

—¡Funciona! —sonrió Camryn.

En unos segundos, la cuerda se rompió, liberando a McKeyla, que se levantó y desató al resto de las chicas.

—¡Sí! ¡Sí! —coreaban las chicas—. ¡Somos libres! ¡Somos imparables!

—¡Pero seguimos atrapadas aquí! —dijo McKeyla. Palpaba por toda la habitación, pero estaba tan oscura que casi no podía ver nada. Ni siquiera era capaz de encontrar la puerta.

—¡Mi laca de uñas! —dijo Adrienne, sacando el botecito de su bolsa de espía. Giró la parte superior y lo convirtió en una minilinterna, con la que apuntó sin querer a los ojos de McKeyla.

—¡Me he quedado temporalmente ciega! —se quejó McKeyla—. ¡No mola nada!

«Diez segundos». La voz seguía tronando desde el altavoz.

La luz de Adrienne descubrió lo que parecía una brecha en la pared. Cuando la movió, estudiándola cuidadosamente, pudo ver dos bisagras camufladas por la pintura.

—¡Ahí está! ¡La salida!

Camryn movió la mano dentro de su bolsillo y sacó un objeto rectangular que, al desplegarlo, se convirtió en un minidestornillador. Lo introdujo en la brecha de la pared, intentando encontrar el sitio exacto donde el mecanismo de cierre se unía al marco. Apoyó todo su peso en él. En un momento, la puerta se abrió. Las chicas salieron corriendo justo en el momento en el que la voz del altavoz decía: «¡Se acabó el tiempo!».

—¡Lo conseguimos! ¡Somos libres! ¡Bien por nosotras! ¡Bien por nosotras! —gritaban y cantaban las chicas bailando unas con otras.

—Bien hecho, chicas —dijo Codorniz desde el monitor del ordenador de la pared. Las miró y sonrió—. Otra sesión de entrenamiento impresionante. Estáis todas haciendo un gran progreso.

Aunque todo hubiese parecido completamente real, en ningún momento hubo un pozo de pirañas hambrientas esperando para devorar a las chicas. El laboratorio de McKeyla era alegre y luminoso en comparación con el oscuro cuarto de entrenamiento del que se acababan de escapar. Habían estado haciendo simulacros como estos desde hacía semanas, preparándose para su siguiente misión. La última vez habían conseguido quemar las cuerdas, pero no encontraron la puerta secreta de la pared. Codorniz tenía razón: verdaderamente, estaban progresando.

—Seguid así —dijo Codorniz. Era la agente jefa de inteligencia de NOV8, que les proporcionaba las misiones y le decía a McKeyla lo que había que hacer (pues, además, era la madre de McKeyla)—. Pronto me pondré en contacto con vosotras para la próxima misión.

Y, con esas palabras, la pantalla se apagó. Adrienne, Bryden y Camryn se giraron hacia McKeyla.

—¿Para cuándo? —preguntó Bryden—. ¿Qué es una agente de NOV8 sin una misión NOV8?

—No lo sé —dijo McKeyla—, pero he oído rumores sobre un nuevo villano en Maywood Glen. Debemos estar siempre preparadas.

Las chicas asintieron y cada una volvió tranquilamente a su sitio del laboratorio. Camryn se subió encima de su monopatín eléctrico. Adrienne estaba trabajando en una receta nueva para hacer gominolas, y Bryden, afanada en el sistema eléctrico de sus pendientes luminosos. Mientras McKeyla se sentaba en su área de trabajo miró a sus amigas. Fuese quien fuese este villano, quisiera lo que quisiera…, NOV8 estaría superpreparado.

Parte uno:
McKEYLA McALISTER

SOY **inteligente**.
¡Supéralo!

Es difícil trabajar a la luz de las velas. Aunque, prácticamente, es mi única opción. Todo Maywood Glen está a oscuras. Un misterioso villano ha cortado el suministro eléctrico al completo, así que estamos ante un apagón masivo. Mi equipo y yo vamos a seguirlo, pero primero necesito reunir algo de munición. Tenemos que estar preparadas para actuar en cuanto demos con su paradero. Obviamente, no vamos a ir por todo Maywood Glen con velas o antorchas, como si acabáramos de salir de la Edad Media, o algo así. Y tampoco podemos llevar por ahí linternas gigantes durante una misión. Necesitamos algo que no le parezca raro a cualquier desconocido que lo vea en nuestras mochilas o taquillas. Ya he estado en suficientes misiones como para saber que la situación puede cambiar en cualquier momento, así que es muy importante que la munición esté tan a salvo como tú. Esa munición no debería gritar: «¡Hola! ¡Mírame! ¡Soy parte de una organización secreta de espías que tiene células durmientes en todos los países del mundo!». Por eso diseñé las bombillas de purpurina. Vale, a lo mejor la purpurina fue idea de Adrienne (siempre dice que todo queda mejor con purpurina, y estoy empezando a pensar que tiene razón).

La munición es sencilla: glicerina, agua, bombillas y unas cuantas baterías portátiles. Como había bastantes bombillas en mi casa abandonadas en lámparas que jamás se encenderían, decidí darles su debido uso.

Todavía tenía que hacer la última. Rellené la bombilla de purpurina, agua y glicerina, lo que ayudó a ampliar la luz. Luego volví a poner el casquillo a la bombilla con mucho cuidado usando un potente superpegamento que Adrienne había diseñado especialmente para mí.

Una vez terminada, conecté la bombilla a una batería de bolsillo y... ¡tachán!: una linterna más pequeña pero más eficiente que las que se pueden adquirir en las tiendas, y con la apariencia idéntica a una bombilla normal y corriente. Estaba a punto de empezar a trabajar en mi próximo invento, una diadema con luces por toda la parte delantera, cuando mi teléfono vibró.

BRY: L. C. E. R. Q. E. E. G. E. C. M.

Soy amiga de Bryden desde hace meses, pero aún me cuesta descifrar sus larguísimas y complicadas abreviaturas. Tuve que mirar el mensaje otros cinco minutos hasta darme cuenta de lo que significaba: Las Cosas Evolucionan Rápido. Quedamos En El Garaje En Cinco Minutos. En otras palabras: «Nos vemos en el garaje ¡YA!».

Recogí las bombillas de purpurina y salí disparada hacia el garaje. Pude ver que ya habían encendido el generador auxiliar. Había una rayita minúscula de luz que salía por debajo de la puerta.

Encendí mi bombilla para que me guiara. El resto del vecindario estaba a oscuras, a excepción de algunas velas titilantes en las ventanas. Pensé en la señora Roberta, una mujer mayor que vivía en la casa del otro lado de la calle. Estaba completamente sola. ¿Cómo iba a poder moverse por la casa cuando estaba tan sumamente oscuro en el exterior?

Teníamos que encontrar a quien hubiese cortado la luz. Y rápido. Todo Maywood Glen dependía de nosotras.

Estos últimos meses me he obsesionado con los diferentes inventos que puedo usar en mis misiones. ¡Echa un vistazo a algunos de mis experimentos favoritos que puedes hacer tú misma en casa!

LOS EXPERIMENTOS DE McKEYLA

- Las arenas del tiempo
- ADN
- La magia de Moebius
- La Luna al alcance de tu mano
- Juana y las habichuelas mágicas
- Una cuestión de peso
- Cromatografía: una carrera a la cima

LAS ARENAS DEL TIEMPO

ESTE EXPERIMENTO REQUIERE LA AYUDA DE UN ADULTO.

¿Tienes un minuto? Vamos a hacer un reloj de arena.

MATERIALES

- dos botellas de agua de plástico de 250-500 mililitros (ml) vacías y con sus tapones
- un rollo de cinta de pintor
- un taladro
- una hoja de papel
- 100 ml o siete cucharadas de arena seca
- un reloj de pulsera

INSTRUCCIONES

¡ESTE PASO ES SOLO PARA LOS ADULTOS!

1. Une los tapones de las botellas con las partes de arriba pegadas entre sí muy fuertemente con la cinta de pintor. Pídele a un adulto que haga un agujero con una broca de 5 mm justo en el centro de la unión y alisa cualquier sobrante que haya podido quedar.

2. Dobla un trozo de papel resistente y coloca 100 ml (7 cucharadas) de arena en el pliegue. Vacía toda la arena en una botella y enrosca las dos botellas en sus tapones. Voltea tu reloj de arena para que la arena de la botella de arriba caiga en la de abajo.

3. Usa el reloj normal para ver cuánto tarda en pasar toda la arena de una botella a otra.

4. Intenta ajustar el reloj de arena añadiendo o quitando arena para que el proceso dure exactamente 30 segundos.

OBSERVACIONES Y RESULTADOS

Acabas de construir un reloj de arena por el método de ensayo y error. Hacer un pequeño cambio, observar el resultado y, después, hacer un nuevo cambio basándose en la observación es una técnica común usada tanto por científicos como por inventores.

PARA QUE LO SEPAS

Puedes medir el tiempo con la ayuda de la gravedad. El método de ensayo y error te ayuda a resolver y mejorar los inventos. ¡Nunca te rindas!

COMPRUÉBALO TÚ MISMA

¿Cómo usarías tu nuevo reloj de arena reciclado para medir el tiempo de todo un día tal como lo hace tu reloj de pulsera? ¿Se te ocurre una manera mejor de medir el tiempo sin electricidad?

A. D. I. S. N. (ADVANCED DIGITAL INTELLIGENCE SPY NOTEBOOK)* DICE:

Vale, para TI es muy fácil saber qué hora es: lo único que tienes que hacer es mirar el móvil o tu reloj de pulsera. Pero, antiguamente, construir un aparato de medición del tiempo fiable exigía MUCHÍSIMA experimentación. Al principio se usaba la arena, el agua o el aceite, pero hoy en día son los metales, los plásticos y los cristales de cuarzo los que nos dan la hora con exactitud. No querrás llegar tarde al examen, ¿verdad? (o puede que SÍ…).

* Se pronuncia como Addison y es la abreviatura de «Advanced Digital Intelligence Spy Notebook» o, si lo prefieres, «cuaderno espía dotado de inteligencia digital avanzada» de la agente McAlister.

ADN

El código secreto definitivo para la agente secreta definitiva.

MATERIALES

- 120 ml de alcohol de 96 %
- 10 ml o dos cucharaditas de lavavajillas líquido
- 5 ml o dos cucharaditas de sal
- 100 ml de agua
- cinco o seis fresas maduras
- una bolsa de plástico tamaño sándwich o un poco mayor con autocierre
- un filtro de café
- un vaso
- un palillo de dientes

INSTRUCCIONES

1. Pon a enfriar con anterioridad la botella del alcohol en el congelador.

2. Disuelve 10 ml (dos cucharaditas) de lavavajillas líquido y 5 ml (una cucharadita) de sal en 100 ml de agua.

3. Coloca las fresas en la bolsa de plástico y ciérrala. Aplasta la fruta hasta que quede una pasta suave. Añade a la bolsa aproximadamente la mitad de la solución que has preparado antes y mézclalo todo con cuidado. Deja que repose de 20 a 30 minutos.

4. Pon el filtro de café en el vaso y dobla los extremos por fuera del borde. Mientras sujetas el filtro de papel, echa la mezcla de la fruta y la solución y deja que el líquido lo atraviese. Quita el filtro.

5. Con cuidado, ve echando la misma cantidad de alcohol frío por la pared interna del vaso para que se vaya formando una capa encima de la solución. Empieza echando el alcohol a cucharadas poco a poco.

6. Se formará una masa delgada que parecerá algodón en la capa superior. Usa un palillo de dientes para sacar un poquito de esta sustancia viscosa y observarla con más detenimiento.

OBSERVACIONES Y RESULTADOS

Aunque hayas machacado las fresas, las moléculas de ADN (ácido desoxirribonucleico) siguen dentro de las células. Al añadir el lavavajillas, se rompe la pared de las células, liberando el ADN en la solución acuosa. Y añadir el alcohol ha permitido que el ADN salga de la solución para que lo puedas ver.

Las moléculas de ADN son como larguísimos collares de dos cadenas que están hechos de cuatro únicos tipos de cuentas. El patrón de las cuentas es un código que aporta información sobre cómo hacer cada parte de una célula. De hecho, ¡el ADN de cada célula aporta la suficiente información como para crear un organismo completo! Lo hace diciéndole a las células cómo ensamblar los elementos esenciales de la vida —los aminoácidos— en las proteínas. Las proteínas aportan la mayor parte de la estructura de las células vivas y controlan muchos de los procesos que suceden en ellas.

Una cadena concentrada de tu ADN más largo mediría unos 85 mm, pero si fuese tan fina como un simple hilo de coser, tendría unos 10 km de largo, lo que supone una longitud de ¡más de cien campos de fútbol!

PARA QUE LO SEPAS

El ADN se puede extraer de las células. Estas moléculas son muy grandes, pero se pueden dividir en cuatro únicos tipos de subunidades. Toda la información necesaria para crear un organismo vivo está codificada en estas moléculas.

COMPRUÉBALO TÚ MISMA

Decimos que el ADN es el código de la vida, pero ¿cómo se puede leer su mensaje oculto? El ADN simplemente muestra el orden en el que los aminoácidos se enlazan en las proteínas (ver diagrama en la página siguiente). Imagínate que cada uno de los cuatro tipos de cuentas del collar es una letra. Resulta que, en este lenguaje en clave, cada una de las palabras que se formen tendrá exactamente tres letras. Puesto que hay un número limitado de combinaciones de cuatro letras para formar palabras de tres letras cada una, todo el lenguaje en clave del ADN lo forman 64 palabras. Puedes pensar que no son tantas, pero solo existen veinte aminoácidos diferentes que estas palabras necesitan representar. Esto podría significar que la mayoría de las palabras no se usan en este lenguaje en clave, pero también podría significar otra cosa. ¿Qué puede ser?

CADENA DE ADN

CÓDIGOS DE LOS AMINOÁCIDOS

GGA: GLICINA (GLY)

GCA: ALANINA (ALA)

CTA: LEUCINA (LEU)

TCT: SERINA (SER)

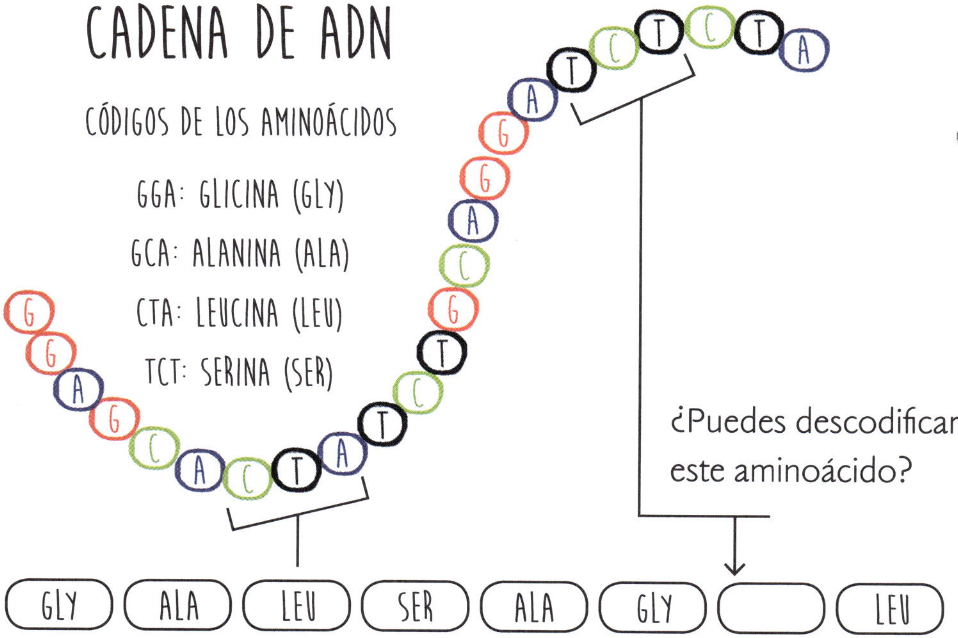

A. D. I. S. N. DICE:

Puede que solo haya 64 palabras en el código del ADN, pero las frases son larguísimas. Los veinte elementos esenciales se pueden combinar en trillones y trillones de maneras distintas. Si el ADN define a todos los organismos vivos —desde la bacteria más pequeña a la más grande de las ballenas azules—, a ti también te define (¡y a cosas maravillosas como tus mejores amigos: los diarios interactivos!).

LA **MAGIA** DE MOEBIUS <3

Si no sabes quién es Moebius, no estás en la onda.

MATERIALES

- un trozo grande de papel
- unas tijeras
- un lápiz
- cinta adhesiva

INSTRUCCIONES

1. Corta tres tiras de papel de 5 cm de ancho y al menos 30 cm de largo. Traza una línea recta en el centro de cada tira a lo largo. En un lado, etiqueta cada extremo con la letra A. Dale la vuelta a la tira y etiqueta cada extremo con la letra B.

2. Con la tira número 1 haz una especie de bucle uniendo con cinta adhesiva las caras A de los dos extremos. Crea una nueva onda con la tira número 2, pero esta vez con UN giro, uniendo con cinta adhesiva la cara A con la cara B del otro extremo. Convierte la tira número 3 en una onda haciendo DOS giros, de tal manera que las caras A de los dos extremos se unan. Pégalas con cinta adhesiva.

3. Coge la onda número 1 y córtala a lo largo de toda la línea. ¿Qué obtienes? Apunta el resultado.

4. Examina la onda número 2 con cuidado. Intenta predecir lo que esperas que pase si la cortas por la línea. Ten en cuenta el resultado de la onda número 1. Ahora, hazlo: corta por la línea toda la tira y anota el resultado.

5. Estudia la onda número 3 con atención. Intenta de nuevo predecir lo que esperas que pase si la cortas por la línea. Ten en cuenta los resultados de las ondas 1 y 2. Ahora, hazlo: corta por la línea toda la tira y anota el resultado.

OBSERVACIONES

	RESULTADO PREVISTO	RESULTADO OBTENIDO
ONDA N.º 1		
ONDA N.º 2		
ONDA N.º 3		

RESULTADOS

A la onda número 2 se la conoce como la cinta de Moebius y tiene propiedades especiales: solo tiene un lado y un borde.

Cuando hiciste una predicción basada en lo que sabías o habías observado, estabas formulando una hipótesis. Luego probaste tu hipótesis e hiciste un experimento para descubrir si estabas en lo cierto. Todo este proceso se llama método científico. A veces, las cosas acaban siendo exactamente como esperabas, y eso es bueno. Pero de vez en cuando, sin embargo, te llevas una enorme sorpresa totalmente inesperada. ¿Y acaso eso no es también genial?

PARA QUE LO SEPAS

La cinta de Moebius tiene propiedades especiales. Usar el método científico es una manera genial de hacer grandes descubrimientos.

COMPRUÉBALO TÚ MISMA

A los matemáticos y a los físicos les encanta la cinta de Moebius porque les hace replantearse sus ideas sobre el espacio y las dimensiones. Les ayuda a inventar nuevas formas de entender el universo. ¿Qué crees que pasaría si girases la onda tres veces?

A. D. I. S. N. DICE:

¿Tienes una corazonada? ¡Usa el método científico para averiguarlo! Es un procedimiento lógico, realizado paso a paso y la base de casi todos los grandes descubrimientos e invenciones de los últimos quinientos años. Dicen que si usas el método científico, ¡ERES un científico!

LA LUNA
AL ALCANCE DE TU MANO

Solo está pasando por una fase.

MATERIALES

- una perforadora
- una maceta de plástico flexible, negra por dentro, de 30 cm de diámetro
- una pelota de golf y un *tee* (soporte para las bolas de golf)
- plastilina
- una linterna potente

INSTRUCCIONES

1. Usa la perforadora para hacer ocho agujeros de 10 mm, espaciados uniformemente alrededor del macetero, 10 cm por debajo del borde superior. Dale la vuelta al macetero de manera que la parte de arriba quede boca abajo y numera los agujeros en sentido contrario a las agujas del reloj.

2. Clava el *tee* en una masa de plastilina lo suficientemente grande como para que la parte de arriba del *tee* esté a 75 mm de altura (si el *tee* que tienes es más corto, clávalo a la profundidad necesaria para obtener la altura correcta). Coloca la pelota de golf encima. Dale la vuelta al macetero y coloca todo dentro de manera que la pelota quede justo en el centro. Sujeta la linterna en sentido horizontal para que brille directamente a través del agujero número 1.

3. Mira a través del resto de los agujeros por orden y observa cómo aparece en cada ocasión la línea de la sombra. Cada una corresponde a una fase lunar diferente. Dibuja lo que veas en la tabla que está a continuación.

OBSERVACIONES

1) LUNA LLENA	
2) GIBOSA MENGUANTE	
3) CUARTO MENGUANTE	
4) MENGUANTE	
5) LUNA NUEVA	
6) CRECIENTE	
7) CUARTO CRECIENTE	
8) GIBOSA CRECIENTE	

RESULTADOS

La Luna tarda en dar la vuelta a la Tierra 29 días y medio. El Sol siempre ilumina un lado entero de la Luna, pero lo que nosotros vemos es solo una parte de ella, dependiendo de dónde se encuentre con respecto al Sol y la Tierra. Según va cambiando la posición de la Luna, la línea de la sombra varía, haciendo que parezca más pequeña (menguante) o más grande (creciente). En un momento de ese ciclo, la Luna está completamente iluminada (luna llena), y en otro momento, completamente oscura (luna nueva). Al mirar por cada agujero, puedes observar nuestra pelota de golf «lunar» en los distintos momentos por los que pasa la Luna en su viaje alrededor de la Tierra.

Mira tu tabla. ¿Se te ocurre alguna norma que te ayude a saber si la Luna está menguando o creciendo en una noche cualquiera?

PARA QUE LO SEPAS

Las fases lunares son el resultado del cambio de ángulo desde el que observamos la Luna según va viajando alrededor de la Tierra.

COMPRUÉBALO TÚ MISMA

Imagina que pudieses mirar a través del agujero 1 desde la perspectiva de la linterna. ¿A qué fase se parecería?

A. D. I. S. N. DICE:

Las leyes de la física que rigen el movimiento de la Tierra y de la Luna, por lo que sabemos, son las mismas para todo el universo. Entender cómo se mueven entre sí la Tierra y la Luna nos ayuda a comprender cómo se comportan el resto de los planetas y las estrellas. Podrías decir que la Tierra y la Luna son algo así como amigas, ¡como McKeyla y yo!

JUANA Y LAS HABICHUELAS MÁGICAS

Érase una vez nuestra heroína, que subió hasta el cielo…

ESTE EXPERIMENTO REQUIERE LA AYUDA DE UN ADULTO.

MATERIALES

- lápices o ceras de colores
- un trozo de cartulina fina
- unas tijeras
- una bola de algodón y pegamento en barra
- una percha de alambre y alicates (o, en su defecto, una estaca de jardín o una regla)
- tierra para macetas y piedrecitas
- un macetero o recipiente de entre 15 y 20 cm de diámetro
- una o dos semillas de judías trepadoras (o cualquier otra variedad trepadora)
- agua y fertilizante para plantas
- cinta de pintor

INSTRUCCIONES

1 Dibuja y colorea un paisaje con un enorme y magnífico cielo en la cartulina. Recórtalo. Utiliza la bola de algodón para crear una gran nube. Pégala en la parte de arriba del paisaje.

¡ESTE PASO ES SOLO PARA LOS ADULTOS!

2 Pídele a un adulto que corte el gancho de la percha con los alicates y que lo enderece. Usa los alicates para hacer un bucle en el extremo que encaje en la parte de abajo del macetero. Dobla la onda unos 90º para que, cuando la coloques en el macetero, el extremo más largo quede recto (si estás usando una estaca de jardín o una regla, encájala en la arena que veremos en el paso 3).

3 Añade piedrecitas al macetero y llénalo de tierra. Planta una semilla o dos de judías a unos 3 cm de profundidad. Riega y echa fertilizante a la tierra.

4 Pega el paisaje de colores que has pintado al alambre, la estaca o la regla, para que parezca que está flotando por encima del macetero. Coloca todo en un sitio con luz natural y déjalo que crezca. Observa y anota cualquier cambio en la tabla de la página siguiente. Ayuda a la planta a agarrarse al alambre cuando crezca, mantén el registro de su altura y dibuja todo aquello que te parezca interesante según vaya creciendo. Cuando la judía trepadora llegue al cielo, dibuja a tu heroína escalando el tallo hasta el infinito. Asegúrate de regarla con regularidad. Si preparas más de un tiesto y un paisaje, puedes colocarlos en sitios distintos y así ver cuál es el mejor lugar para que crezcan las plantas.

OBSERVACIONES

FECHA	ALTURA (CM)	ANOTACIONES	DIBUJO

RESULTADOS

No nos solemos dar cuenta, pero las plantas crecen a un ritmo constante y muy organizado. Los biólogos numeran estas etapas y tienen nombres específicos para todas y cada una de las partes.

Después de unos días en la tierra, la envoltura de la semilla se ablanda y sale de ella una primera raíz diminuta (la radícula). Casi al mismo tiempo se forma y empieza a crecer un brote (el hipocotilo), que sale de la tierra. Con él lleva una primera hoja (el cotiledón), que sale de dentro de la semilla y que es bastante diferente a las hojas verdaderas que saldrán después. Lo siguiente es la aparición de una hoja de un solo lóbulo (unifoliada) y, a continuación, una serie de hojas de tres lóbulos (trilobulada) según va creciendo la planta.

El responsable del crecimiento (el meristemo) está en la punta de la planta. Si se quita el meristemo, la planta intentará formar nuevos tallos y el resultado será la formación de ramas. Cuando el tallo de las judías llegue al cielo, puede ser una buena idea pasarlo del tiesto al jardín. Seguirá creciendo, floreciendo y, finalmente, dará judías.

PARA QUE LO SEPAS

Las plantas crecen de una manera muy organizada y atraviesan varias fases. El cotiledón es una primera hoja que se parece poco a las hojas de verdad. El punto de crecimiento de la planta se llama meristemo.

COMPRUÉBALO TÚ MISMA

Aunque me chiflan los días de lluvia, ¡también necesitamos los de sol! Las plantas crecen usando la energía de la luz solar, que acaba almacenada en todas sus partes. ¿De cuántas formas distintas se usa la energía acumulada de las plantas?

A. D. I. S. N. DICE:

Las plantas aportan comida, cobijo y energía a las personas. Los científicos se afanan en hacer que estas funciones sean seguras y prácticas. La investigación sobre la protección de los bosques y las cosechas, el cultivo de plantas y la biotecnología mejoran la calidad de vida de las personas de todo el mundo. Yo (ejem) también ayudo a mejorar la vida. Al menos, la vida de cuatro agentes excepcionales de NOV8…

UNA CUESTIÓN DE PESO

No me hables del peso, por favor.

MATERIALES

- un lápiz (o algo similar con forma cilíndrica)
- una regla
- cinta de pintor
- dos vasos de plástico de 90 ml
- un montón de céntimos
- algunos objetos pequeños

INSTRUCCIONES

1. Despeja un espacio de trabajo o una mesa. Coloca el lápiz perpendicularmente en el centro exacto de la regla (da igual el lado) y fíjalo con la cinta de pintor. Dale la vuelta a la regla.
Usando bucles de cinta con la parte pegajosa hacia fuera, pega un vaso de plástico en cada uno de los extremos de la regla. Asegúrate de que los dos lados están iguales. ¡Acabas de hacer una báscula!

2. Recoge varios objetos pequeños al mismo tiempo y piensa cuánto pesan, más o menos. Luego, colócalos en una fila desde el más ligero al más pesado.

3. Pon uno de los objetos pequeños en uno de los vasos. Ve añadiendo céntimos al otro vaso hasta que el peso haga que se equiparen los dos vasos al mismo nivel. Anota el número de céntimos que has necesitado en la tabla siguiente.

4. Repite el paso anterior para cada uno de los objetos pequeños restantes. ¿Coincide el orden del más ligero al más pesado con el que tú hiciste a ojo?

5. Acabas de pesar todos los objetos y el céntimo ha sido tu unidad de medida estándar. Un céntimo de euro pesa 2,3 gramos, así que es fácil convertirlo a gramos. Solo tienes que multiplicar: si un objeto ha pesado 5 céntimos, tienes que multiplicar 5 x 2,3 (11,5 gramos).

OBSERVACIONES

OBJETO						
PESO EN CÉNTIMOS						
PESO EN GRAMOS						

¡LO SÉ!

RESULTADOS

Cuando pesas un objeto, estás midiendo la fuerza con la que la gravedad tira de él. Puedes comparar la cantidad de materia de dos objetos con una báscula, ya que la fuerza de la gravedad en los dos extremos es la misma. El extremo de la balanza baja con el objeto que esté hecho de más materia.

Si usas una unidad estándar de medida (como los céntimos o los gramos), puedes comparar varios objetos a la vez. Aunque los céntimos no son una unidad habitual de medida, ¡son prácticos y fáciles de encontrar! Desde ahí, es sencillo calcular su correspondencia en gramos tal y como lo hiciste en el paso 5. Se hace en gramos porque el gramo es una unidad de medida que se usa en todas partes; así, los científicos del mundo entero son capaces de entender los resultados.

PARA QUE LO SEPAS

Puedes usar una báscula para comparar las cantidades de los objetos. Una unidad estándar de medida facilita la comparación de varios objetos a la vez. El gramo es la unidad de medida estándar que se usa en el mundo.

COMPRUÉBALO TÚ MISMA

Imagínate que hiciste un segundo experimento en el que usaste agua en vez de céntimos para comparar el peso.

<3

A. D. I. S. N. DICE:

Siempre tienes que saber cuánto material necesitas para un proyecto. Un cohete solo puede llevar una cantidad de peso concreto al espacio, así que lo mejor es saber primero cuánto pesa.

La gravedad sobre la superficie de la Tierra, o la aceleración gravitatoria que experimenta en su superficie, cambia en función del lugar de la Tierra en el que estés. Se mide en metros por segundo al cuadrado (m/s^2). En el ecuador, la gravedad sobre la superficie de la Tierra es de 9,8 m/s^2. Compárala con la de Marte, donde la gravedad sobre la superficie es de 3,7 m/s^2, o con la de la Luna, que tiene una gravedad sobre la superficie de ¡1,6 m/s^2! En cualquiera de estos dos astros, los céntimos habrían pesado mucho menos porque hay menos fuerza de gravedad.

Es flipante, ¿verdad?

CROMATOGRAFÍA: UNA CARRERA A LA CIMA

ESTE EXPERIMENTO REQUIERE LA AYUDA DE UN ADULTO.

Píntame de rosa…, y de azul,
y de amarillo, y de rojo.

MATERIALES

- rotuladores de colores permanentes
- tizas blancas
- un taladro
- tapones de botellas de agua de plástico
- alcohol al 96 %
- un platito

INSTRUCCIONES

1. Con un rotulador de color permanente, dibuja un anillo de 1 mm de ancho (o muy fino) alrededor de una tiza, a unos 2 cm contando desde uno de los extremos.

¡ESTE PASO ES SOLO PARA LOS ADULTOS!

2. Pídele a un adulto que use el taladro para hacer un agujero en el centro de uno de los tapones de las botellas de agua lo suficientemente grande como para que quepa la tiza cómodamente y lo puedas usar para apoyarla.

3. Añade 1 cm de alcohol al platito. Coloca la tiza en el recipiente con el anillo de color hacia abajo y mételo en el plato. El alcohol se debería mover muy despacio hacia arriba por toda la superficie de la tiza y arrastrar con él la pintura del anillo. Puede que el alcohol tarde unos treinta minutos en empapar toda la superficie de la tiza hasta arriba. (¡No te lo acerques a tu camiseta vintage!)

4. Saca la tiza y déjala secar. Repite haciendo otro anillo de color o pon varios a la vez. La tinta se separará en bandas de color. Apunta los resultados en la tabla de la página siguiente.

OBSERVACIONES

NÚMERO	COLOR ORIGINAL DEL ROTULADOR	BANDA SUPERIOR DE COLOR	SEGUNDA BANDA DE COLOR	TERCERA BANDA DE COLOR	NÚMERO DE BANDAS	COLOR DE REFERENCIA
1						
2						
3						
4						

RESULTADOS

En este experimento, las distintas moléculas del tinte del color tienen la oportunidad de disolverse en el alcohol o permanecer en la tiza. Algunas moléculas se disuelven con más facilidad en alcohol. Otras moléculas se adhieren mejor a la tiza. Sin embargo, el alcohol se mueve (fase móvil) y todo lo que se disuelve en él también se mueve. Las moléculas que prefieren permanecer en la tiza (fase estacionaria) se quedan atrás.

La separación se produce porque las moléculas están constantemente yendo y viniendo entre las dos fases. Este proceso se conoce como cromatografía y es muy parecido a lo que sucede cuando un grupo de senderistas empieza a subir una montaña. Algunos suben más rápido y otros más despacio; el grupo se dispersa en función de la cantidad de tiempo que tarde cada uno.

No todas las tintas de los rotuladores están mezcladas. Por eso, a veces observarás una única banda de color. Las tintas que proceden de mezclas se diseñaron porque ese color no se podía hacer con una única tinta.

PARA QUE LO SEPAS

Las moléculas se pueden separar gracias a la cromatografía en función de sus diferentes propiedades físicas.

COMPRUÉBALO TÚ MISMA

Intenta este experimento con agua en lugar de con alcohol. Basándote en lo que ves, ¿qué significa que un rotulador sea permanente?

A. D. I. S. N. DICE:

¡La cromatografía no es solamente un nombre mono! La investigación química y biológica sería casi imposible sin esta técnica. Se usa muchísimo en los laboratorios tanto para separar mezclas como para depurar materiales. Es importante estudiar los compuestos en estado puro porque así se sabe que los efectos que observes en ellos no están causados por otros motivos.

GENIO

Parte dos: ADRIENNE ATTOMS

¡GUAPA Y BRILLANTE!

Nací química culinaria. Mi madre lo era, y mi abuelita también, y la madre de mi abuelita y la abuelita de mi abuelita. Así que se puede decir que lo llevo en la sangre.

Vale... Sé lo que estás pensando: «¿Química culinaria? ¿Y eso existe?». A lo que yo respondo: «¡Pues claro!». Por supuesto que existe. Me encanta experimentar con la ciencia y la comida, y así creo mis propias recetas, desde batidos deliciosos a productos de belleza. Por ejemplo, mi kit casero para huellas, que es el doble de efectivo con el polvo de los churros. Tiene canela, azúcar y harina. Se puede usar para tomar las huellas de un boli o del pomo de una puerta que haya tocado algún tipo supermalvado. Pero también lo uso para espolvorear la masa frita más exquisita que vayas a probar en tu vida. ¡Delicioso!

Luego tengo patentadas mis galletas supervitamínicas. Ayudan a mejorar la actividad cerebral y afinan la toma de decisiones. También vienen en un montón de sabores, como chips de chocolate, nubes de moca o mamá menta (esta la he llamado así por mamá, que adora la menta). Mmm... Me entra hambre solo de pensarlo.

Hoy he estado en el laboratorio secreto de NOV8 preparando pompas de baño efervescentes de purpurina, que en realidad son burbujas de solución salina y CO_2. Son como las antiguas pompas de baño que ya había inventado, pero con un ingrediente ULTRASECRETO (¿os he dicho ya que las mías van a EXPLOTAR? Y lo mejor de todo, ¿que llevan PURPURINA?).

Estas burbujas de baño son un nuevo producto de belleza que estoy probando. Primero mezclé el bicarbonato con sales de Epsom. Le puse una cucharadita de purpurina plateada y lo mezclé todo. Luego añadí otra tanda de bicarbonato.

Es esta segunda tanda de bicarbonato lo que hace que la pompa de baño sea efervescente. Por último, aunque no por ello menos importante, le añadí mi ingrediente especial ultrasecreto para darle un toque de ALEGRÍA (vale, no puedo guardar un secreto: era ¡colorante alimentario!). Lo vertí todo en el molde redondo que uso para esta receta y lo dejé reposar una hora. Después, ya estaba listo para la primera prueba.

Hice algunos deberes y luego un par de galletas, y todo ese tiempo la pompa efervescente estaba ahí, rosa y brillante, quieta en la mesa del laboratorio, llamándome a gritos: «¡Adri, pruébame! ¡Por favor, mi amor! ¡Por favor!». Así que decidí ir a buscar a las «cobayas» perfectas. Un poco de purpurina, que yo sepa, nunca le ha hecho mal a nadie, ¿no?

Me arrastré fuera del laboratorio y me encontré con Bryden y McKeyla en el patio trasero de McKeyla. Estaban sentadas en la mesa de pícnic, bebiendo limonada y hablando sobre un aparato en el que Bryden había estado trabajando. Cambia tu voz para que suene como si fuese la de otra persona. Es perfecto para cualquier misión, o para gastar bromas divertidísimas.

—¿Qué tal va tu química culinaria? —preguntó McKeyla al verme.

Había una fuente exterior no muy profunda pegada a la pared.

Le eché un vistazo y supe lo que tenía que hacer.

—¿Queréis ver lo que he hecho?

—¿Adoro yo mi móvil? —dijo Bryden.

—Por supuesto —añadió McKeyla.

—¿Estáis seguras? —dije, con la más supermona de mis sonrisas.

—¡Enséñanoslo! ¡Ahora ya no hay excusas! —Estaban prácticamente gritando, así que pensé: «Vale, si insistís...».

Cogí la pompa de baño y la tiré a la fuente. El polvo rosa golpeó la parte de arriba del agua y entonces todo lo que pude ver fue una explosión de purpurina. La espuma salió por todas partes. Pasó por encima de McKeyla y Bryden, por encima de la mesa y de A. D. I. S. N. y de las sillas del patio. Hasta el césped quedó cubierto.

A. D. I. S. N. puso un emoticono de sorpresa.

—¡Guau! —dijo Bryden—. Esta funciona todavía mejor que la última versión.

McKeyla ni siquiera se enfadó por haberle echado la espuma por encima de su chaqueta negra de cuero y de sus botas nuevas.

Se levantó y sonrió.

—Eres un genio. Esta es la distracción perfecta para cuando estemos en una misión. Si alguien viene detrás de nosotras, solo tenemos que arrojarle una de estas. ¡Buen trabajo, Adri!

Me peiné el pelo con las manos para tratar de quitarme algo de espuma.

—Bueno, gracias, señoritas —dije sonriendo.

—Eh..., ¿Adri? Tienes algo en tu... —McKeyla señaló mi cara.

Saqué rápidamente un espejo de bolsillo de mi bolsa de espía y lo sostuve hacia la luz. Tenía una mancha gigante de espuma rosa justo encima del labio superior. ¡Parecía un bigote larguísimo y curvo!

Qué vergüenza. Corrí al baño para limpiarme (y, ya que estaba, para ponerme algo de pintalabios de cera y de colorete).

Si queréis más recetas químicas culinarias, ¡echadle un vistazo a alguno de mis nuevos experimentos!

LOS EXPERIMENTOS DE ADRIENNE

- Reflejar imágenes
- La levadura está a la altura
- Sentido del olfato
- Maravillosas nubes mutantes de gominola
- Frío y requetefrío
- Cristales por encargo

REFLEJAR IMÁGENES

Espejito, espejito, ¿quién es la más lista de todo el reino?

MATERIALES

- dos espejos de bolsillo
- una regla
- tres pegatinas de animales
- una caja de zapatos
- lápiz y papel

INSTRUCCIONES

1. Abre los espejos de bolsillo de tal modo que su parte superior quede completamente vertical (en un ángulo de 90º respecto a la mesa). Mide la altura.

2. Pon una pegatina dentro de la caja de zapatos, en el centro de uno de sus lados cortos, a la mitad de la altura que miden los espejos. Añade una segunda pegatina en uno de los lados largos de la caja y sitúalo a una distancia igual a la del ancho del espejo desde el lado en el que pegaste la primera pegatina. Pon la tercera pegatina justo enfrente de la segunda, en el lado largo que queda libre.

3. Usando el lápiz, haz un agujero en una de las paredes largas, a la mitad de altura de los espejos y a una distancia de un espejo de anchura desde el extremo sin pegatinas.

4. Coloca uno de los espejos de bolsillo abierto dentro de la caja e intenta ajustarlo de tal manera que veas la pegatina del lado corto a través del agujero. Fíjate en cómo has tenido que poner el espejo para hacer eso y dibuja un diagrama que muestre tu línea de visión hacia el espejo y luego hacia la pegatina.

5. Pon ambos espejos de bolsillo abiertos dentro de la caja e intenta ajustarlos de tal manera que puedas ver por el agujero las pegatinas de uno de los lados largos. Usando lápiz y papel, fíjate en cómo has tenido que poner los espejos y dibuja un diagrama que muestre tu línea de visión a través de los dos espejos hasta la pegatina. Repite el paso para que puedas ver la pegatina del otro lado largo.

OBSERVACIONES

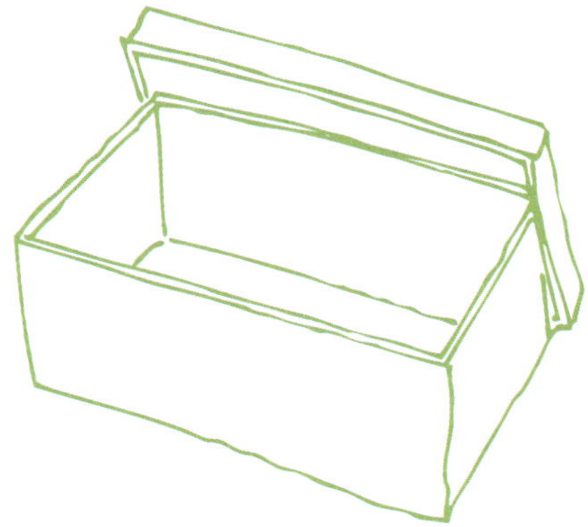

RESULTADOS

La luz viaja en línea recta y a un haz de luz se lo llama rayo. Cuando un rayo de luz incide en un ángulo de una superficie reflectante, el rayo rebota en el mismo ángulo del otro lado. Deberías poder ver este efecto en tus diagramas. La luz de la pegatina se refleja en el espejo y rebota en el mismo ángulo de camino a tu ojo. El segundo espejo sigue la misma regla.

Lo más probable es que con un espejo notaras como si hubiesen invertido la pegatina de izquierda a derecha (que no de arriba abajo). Este es tan solo un efecto de cómo percibimos las imágenes que se reflejan en el espejo: no se ha dado la vuelta, ¡solo LO PARECE! Cuando usaste los dos espejos, la orientación de la pegatina no varió. Esto es porque el segundo espejo revirtió el efecto del primero.

PARA QUE LO SEPAS

Los espejos reflejan la luz en el mismo ángulo. Las imágenes del espejo aparecen invertidas de izquierda a derecha, pero vuelven a su estado original usando un segundo espejo.

COMPRUÉBALO TÚ MISMA

Si escribes algunas letras del alfabeto con mayúsculas y las miras en el espejo, verás que no se invierten. Esto se debe a que son simétricas. ¿Eres capaz de identificar las once que hay?

A. D. I. S. N. DICE:

Los espejos son tremendamente útiles en muchos aparatos actuales. Los telescopios, los láseres o los satélites los usan. Sin embargo, lo que más conoce y disfruta la gente es su uso diario. ¡Sobre todo la gente fashion!

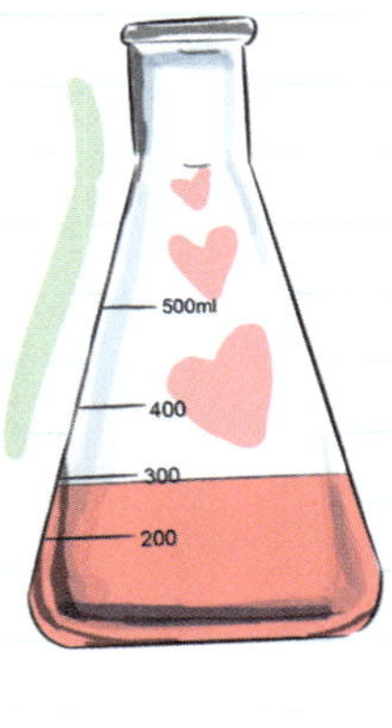

LA LEVADURA
ESTÁ A LA ALTURA

Con una pizca de azúcar —¡cuidado con pasarse!—, todo sabe mejor.

MATERIALES

- tres globos
- tres botellas de agua de plástico transparente (vacías)
- un rotulador permanente
- cucharas para medir
- 30 ml o dos cucharaditas de azúcar
- 30 ml o dos cucharaditas de levadura
- 300 ml de agua
- tres vasos lo suficientemente grandes como para meter las botellas dentro

INSTRUCCIONES

1. Infla los globos varias veces y practica para poder ajustar sus boquillas a las aberturas de las botellas vacías.

2. Etiqueta las tres botellas: (1) azúcar, (2) levadura y (3) azúcar y levadura.

3. Añade 15 ml (una cucharadita) de azúcar a la botella número 1.
Añade 15 ml (una cucharadita) de levadura a la botella número 2.
Añade 15 ml (una cucharadita) de azúcar y 15 ml (una cucharadita) de levadura a la botella número 3. Coloca las botellas en los vasos para que queden estables.

4. Vierte 100 ml de agua en cada una de las botellas y séllalas con los globos. Dale a cada botella unas vueltecitas suaves.

5. Después de 30 minutos, anota los resultados en la tabla de la página siguiente.

OBSERVACIONES

	CONTENIDO	TAMAÑO DEL GLOBO	APARIENCIA DE LA MEZCLA
BOTELLA 1	AZÚCAR		
BOTELLA 2	LEVADURA		
BOTELLA 3	AZÚCAR + LEVADURA		

RESULTADOS

La levadura está compuesta de microorganismos unicelulares que se encuentran en cualquier parte del mundo. Obtienen la energía que necesitan para crecer de la descomposición de los azúcares, principalmente, lo que libera agua (H_2O) y dióxido de carbono (CO_2). El dióxido de carbono es un gas, así que se expande por la botella. Al estar la botella sellada en este experimento, el aumento de la presión hace que el globo se infle. Dejar fuera un ingrediente en cada una de las otras botellas confirma que lo que se necesita para que este fenómeno se produzca es la combinación de levadura y azúcar. Las comparaciones como estas se llaman experimentos de control y son muy importantes si quieres llegar a conclusiones sólidas.

PARA QUE LO SEPAS

La levadura es un microorganismo unicelular que consume azúcar y genera dióxido de carbono.

COMPRUÉBALO TÚ MISMA

A los azúcares también se los llama carbohidratos. Hay muchos tipos de carbohidratos en las comidas que tomamos. Algunos son sencillos, como el azúcar normal (sacarosa) o la miel (glucosa y fructosa). Otros son más complejos, como el maíz o la patata, que están hechos de muchos azúcares sencillos combinados entre sí. ¿Qué crees que pasaría si intentaras mezclar la levadura con alguno de ellos?

A. D. I. S. N. DICE:

La levadura se usa para hornear muchos de los diferentes tipos de pan que comemos. El dióxido de carbono producido por la combinación de la levadura y el azúcar es el causante de las burbujitas de la masa. Cuando horneamos la masa, las burbujas son las que le dan al pan esa textura suave y esponjosa con la que todo el mundo me calienta la cabeza. Porque YO no puedo probarlo.

¡Hasta los egipcios lo veneraban! Pinturas y artefactos antiguos han demostrado que ya conocían la levadura y que horneaban pan ¡hace 4.000 años!

SENTIDO DEL OLFATO

La nariz sí que sabe.

MATERIALES

- una hoja grande de papel
- un rotulador
- plastilina
- cinco o seis botones de diferentes tamaños y formas
- un palillo
- algunos extractos de sabores, como limón, menta, almendra o vainilla

INSTRUCCIONES

1. Dibuja el contorno de una nariz de perfil en la hoja de papel.

2. Haz varios círculos con forma de galleta, de unos 5 cm de diámetro y 1 cm de grosor, con la plastilina. Coge los botones y aplástalos de uno en uno contra cada disco de plastilina. Luego, quita los botones con cuidado. El palillo te puede ayudar a aflojar los botones y así no se estropea el molde.

3. Con el palillo, inscribe la inicial de un aroma en la parte de debajo de cada molde de plastilina. Luego, echa unas gotitas de su extracto de sabor en el botón correspondiente.

4. Pon a prueba tu sentido del olfato: coloca los discos de plastilina en el dibujo de la nariz. Alinea los botones delante de ti. Ve oliendo cada uno de ellos y luego emparéjalo con su molde. Dale la vuelta al molde para ver si las iniciales coinciden con los aromas de los discos.

OBSERVACIONES Y RESULTADOS

Un olor es simplemente una serie de moleculitas que flotan por el aire, procedentes de cualquier sitio y que acaban en tu nariz. Normalmente, son mezclas de muchos elementos y la manera en la que huelen los componentes depende de su forma:

- El olor a limón se debe parcialmente al limoneno.
- La menta basa su olor tan característico en el mentol.
- El aroma de las almendras procede del benzaldehído.
- El principal componente de la vainilla es una molécula llamada vainillina.

Estas imágenes te muestran las distintas formas de esas moléculas:

LIMONENO

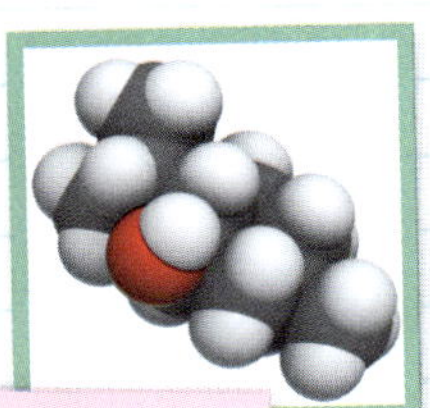
MENTOL

BENZALDEHÍDO

VAINILLINA

La habilidad que tengas para distinguir unos olores de otros depende de las células olfativas de tu nariz. Cada célula olfativa tiene un receptor que puede reconocer solo un único tipo de molécula. Lo hace por su forma, como si fuese un candado que puede abrir una única llave. Cuando una molécula de la forma correcta llega al receptor, la célula envía una señal al cerebro.

Hay unos cuatrocientos tipos diferentes de receptores en tu nariz. Cada aroma interactúa con una combinación distinta entre ellos; por eso eres capaz de reconocer tantos olores diferentes.

PARA QUE LO SEPAS

Los olores son simplemente moléculas pequeñas que flotan en el aire. La nariz tiene unas células especiales que las reconoce por su forma. Sin embargo, algunas narices están especialmente acostumbradas ¡a olisquear churros!

COMPRUÉBALO TÚ MISMA

El agua está compuesta de moléculas muy pequeñas y muchas de ellas están flotando en el aire. ¿El agua tiene olor? Si crees que sí, ¿cómo sabrías que no es algo que está disuelto en el agua? Si crees que no, ¿por qué?

A. D. I. S. N. DICE:

Para entender nuestro mundo usamos cinco sentidos: la vista, el oído, el olfato, el gusto y el tacto. Unos científicos en concreto, los neurocientíficos, han averiguado que la memoria y el olfato están muy relacionados. El olfato, no así la vista o el oído, trae rápidamente a la memoria las cosas: por ejemplo, cuando hueles agua salada e inmediatamente piensas en un viaje que hiciste a la playa.

Los científicos están empezando a usar el entrenamiento del olfato para ayudar a mejorar la memoria. La próxima vez que ese aroma delicioso flote por la cocina de Adrienne, no solo tendrás un bocado delicioso: ¡también conseguirás una memoria increíble! (pero yo tendré que oírte darme la brasa sobre el tema, ¡porque no puedo degustar nada!).

MARAVILLOSAS NUBES MUTANTES DE GOMINOLA

Deliciosas y brillantes.

ESTE EXPERIMENTO REQUIERE LA SUPERVISIÓN DE UN ADULTO.

MATERIALES

- cinco nubes de gominola
- cinco platos pequeños de papel
- un microondas
- una regla

¡ASEGÚRATE DE QUE TIENES A UN ADULTO CERCA PARA AYUDARTE!

INSTRUCCIONES

1. Coloca una nube en cada uno de los platos.
2. Pídele a un adulto que caliente cada nube en el microondas una cantidad de tiempo distinta: 10, 20, 30 y 40 segundos.
3. Apunta tus observaciones. ¿Cómo han ido cambiando las nubes? Puedes hacer una tabla y, usando la regla, registrar el tamaño, la forma y el color de cada caso.

OBSERVACIONES

TIEMPO	0 SEGUNDOS	10 SEGUNDOS	20 SEGUNDOS	30 SEGUNDOS	40 SEGUNDOS
TAMAÑO					
FORMA					
COLOR					

RESULTADOS

El ingrediente sólido principal de las nubes de gominola es el azúcar, pero la nube en sí es aire en su mayor parte. Es como una esponja de sabor con millones de burbujitas que la hacen suave y elástica. El horno microondas calienta la pequeña cantidad de agua que hay en la mezcla de azúcar, lo que a su vez calienta las burbujas de aire y hace que se expandan rápidamente. Esta mezcla pringosa de aspecto delicioso se expande e infla según se van agrandando los huecos de aire, pero se desinfla en el momento en el que se rompen las burbujas y sale el aire. A continuación, el azúcar se empieza a quemar.

PARA QUE LO SEPAS

Los gases se expanden cuando se calientan y se contraen cuando se enfrían.

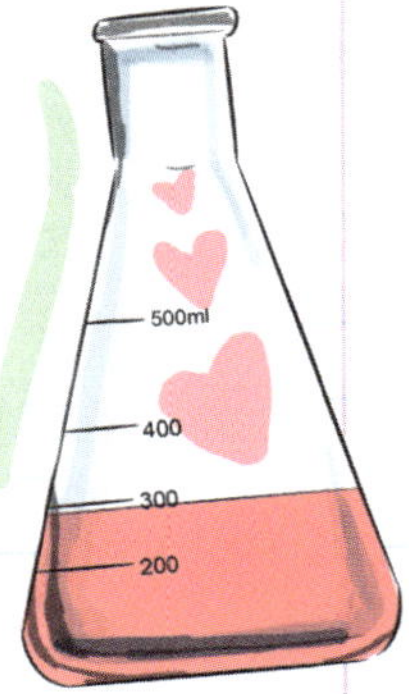

COMPRUÉBALO TÚ MISMA

En este experimento, ¿por qué dejaste una nube sin calentar?

A. D. I. S. N.

Cada vez que veas un volcán deberías pensar: «Los gases se expanden cuando se calientan». Y deberías pensar en mí diciéndotelo. De hecho, ¡siempre deberías pensar en mí!

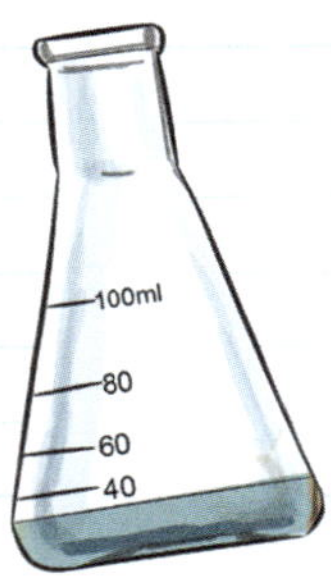

FRÍO
Y REQUETEFRÍO

ESTE EXPERIMENTO REQUIERE LA SUPERVISIÓN DE UN ADULTO.

¡Me derrito por un helado!

INGREDIENTES

- 250 ml de crema de leche
- 30 ml o dos cucharaditas de azúcar
- una pizca de extracto de vainilla
- una bolsa de plástico grande y otra pequeña con autocierre
- treinta cubitos de hielo
- un termómetro de exterior
- 125 ml u ocho cucharaditas de sal
- una toalla

INSTRUCCIONES

1. Mezcla 250 ml de crema de leche con 30 ml (dos cucharaditas) de azúcar y una pizca de extracto de vainilla en la bolsa de plástico pequeña con autocierre. Intenta sacar el máximo de aire posible cuando la selles.

2. Coloca unos treinta cubitos de hielo en la bolsa de plástico grande con autocierre. Mide la temperatura y apúntala en la tabla siguiente. Añade 125 ml de sal y mezcla todo un minuto. Vuelve a medir la temperatura.

¡ESTE PASO ES SOLO PARA LOS ADULTOS!

ASEGÚRATE DE NO TOCAR DIRECTAMENTE LA MEZCLA DE HIELO Y SAL: ¡ESTÁ TAN FRÍA QUE TE PUEDES QUEMAR!

3. Coloca la bolsa pequeña dentro de la grande y ciérrala. Intenta sacar el máximo de aire posible cuando la selles. Envuelve la bolsa en una toalla y amasa todo suavemente durante unos cinco minutos. Abre la bolsa grande y mide la temperatura una vez más. Comprueba que la mezcla de la bolsa pequeña se haya espesado y convertido en helado. Si no es así, cierra la bolsa y continúa amasando. Si ha espesado, enjuaga bien la bolsa pequeña y sírvetela. ¡Disfruta!

OBSERVACIONES

MOMENTO	TEMPERATURA (EN °C)
SOLO HIELO	
HIELO Y SAL DESPUÉS DE UN MINUTO	
HIELO Y SAL DESPUÉS DE CINCO MINUTOS	

RESULTADOS

Cuando disuelves la sal en agua, la mezcla resultante tiene un punto de congelación menor que el agua pura. Esto es porque los dos tipos de moléculas se colocan de forma distinta cuando están juntas. La energía para lograrlo se extrae de lo que está alrededor, así que la mezcla fría se hace todavía más fría.

PARA QUE LO SEPAS

Añadir sal al hielo baja la temperatura de la mezcla por debajo del punto de congelación del agua. Puedes usar cualquier sólido que se disuelva en el agua para lograr esto: ¡no tiene que ser necesariamente un compuesto químico!

COMPRUÉBALO TÚ MISMA

¿Por qué necesitamos temperaturas inferiores a la del punto de congelación del agua para hacer helado?

A. D. I. S. N. DICE:

Cada líquido tiene su propio punto de congelación. El agua en estado puro se congela a 0 °C. Algunas veces viene bien cambiar ese punto de congelación. La sal hace que el punto de congelación del agua baje y consigue que se derritan el hielo y la nieve. Por eso en invierno se echa sal en las calles: para que no se forme hielo, los coches no derrapen y causen accidentes, y la gente no se resbale.

Es mejor que recogerlo con pala. Y eso lo sé hasta yo, que técnicamente ¡soy un cuaderno!

CRISTALES POR ENCARGO

Presume de tu(s) mejor(es) lado(s).

ESTE EXPERIMENTO REQUIERE LA SUPERVISIÓN DE UN ADULTO.

MATERIALES

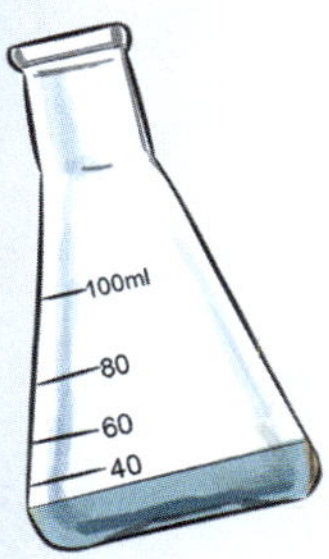

- 60 gramos o cuatro cucharaditas de bórax
- 250 ml de agua caliente
- vasos de plástico transparentes
- colorante alimentario (opcional)
- una cuerda, un cable o un limpiapipas
- lápices
- toallas de papel
- una regla

¡ASEGÚRATE DE QUE TIENES A UN ADULTO CERCA PARA AYUDARTE!

INSTRUCCIONES

1. Disuelve 60 g (cuatro cucharaditas) de bórax en 250 ml de agua caliente. Échalo en un vaso de plástico transparente y, si quieres, añádele algunas gotitas de colorante alimentario.

2. Ata un trocito de cuerda al centro del lápiz y colócalo en la parte superior del vaso, de tal manera que la cuerda quede colgando en la solución. En vez de una cuerda, puedes usar un alambre o un limpiapipas, doblados de distintas formas. Los cristales se pueden empezar a formar al cabo de una hora, pero deja que la mezcla se quede a temperatura ambiente unas 24 horas.

3. Después de quitar la cuerda con los cristales incrustados, sumérgela brevemente en un vaso de agua normal y sécala suavemente con una toalla de papel.

4. Mira fijamente cada uno de los cristales que has creado y anota su forma y su tamaño. Intenta dibujar una imagen tridimensional de uno de ellos en la página siguiente. Luego traza una línea tan ancha como tu dibujo en la parte inferior y marca los extremos de la línea con pequeñas rayitas verticales. Usa una regla para medir y apuntar las medidas por debajo de la línea. ¡Ahora tienes lo que se conoce como un dibujo a escala de tu cristal!

5. Si quieres, puedes hacer varias tandas de distintos colores. Las formas más grandes funcionan mejor, pero se necesitan más gotas de colorante alimentario. Tira los cristales cuando acabes.

OBSERVACIONES

¡Dibuja a escala uno de los cristales que acabas de hacer!

RESULTADOS

Puede que ya te hayas dado cuenta de que es más fácil disolver cosas en agua caliente que fría.

Cuando el bórax sólido se disuelve en agua caliente, sus moléculas se mueven más rápido y se alejan las unas de las otras. Según se va enfriando el agua caliente, las moléculas disueltas del bórax se ralentizan y se van juntando de nuevo. Al final, las moléculas se empiezan a pegar entre ellas, formando cristales sólidos. Una vez que se han formado los primeros cristales, es más fácil que se les adhieran moléculas adicionales, lo que hace que los cristales sean más grandes. Tener una cuerda o un alambre dentro de la solución aporta una superficie rugosa que ayuda a que se formen los cristales.

El bórax es un mineral de origen natural, es decir, no creado por el ser humano. Se extrae de la tierra y parece una piedra blanca con púas. El bórax es el nombre común para el tetraborato de sodio decahidratado, cuya fórmula química es $Na_2B_4O_7 \cdot 10H_2O$. Algunas sustancias tienen nombres comunes que son más fáciles de nombrar y recordar, pero el nombre químico aporta la información sobre los átomos de los que se compone el elemento. El bórax se usa en las industrias químicas y de limpieza, ¡y también en proyectos artísticos y artesanales!

PARA QUE LO SEPAS

Disolver algunos compuestos en líquidos cuya base es el agua caliente y permitir que el líquido se enfríe o evapore puede hacer que se formen cristales.

COMPRUÉBALO TÚ MISMA

La facilidad con que se crean los cristales depende de la forma de las moléculas individuales y de lo bien o mal que encajan entre sí. ¿Qué crees que podría pasar si en vez de bórax usaras otra sustancia, como la sal o el agua, en la solución de agua caliente?

A. D. I. S. N. DICE:

Lo más alucinante de los cristales es que un sencillo cristal de bórax microscópico tiene la misma forma que los cristales grandes que acabas de hacer. El diámetro de la molécula del bórax es diminuto: mide algo así como la millonésima parte de un metro (un nanómetro), pero los cristales minúsculos que se forman primero asientan el patrón de la forma de los cristales más grandes que podemos ver.

La idea de construir o ensamblar materia a nivel nanométrico es de lo que va la nanotecnología. Yo ya sabía eso, por supuesto…, pero de nada por la info. ¡Te acabo de hacer más lista!

Parte tres:
BRYDEN BANDWETH

APÁRTATE...
¡Soy trending topic!

</b>

#

Vale. Puede que la mayoría de la gente mire una pantalla de ordenador llena de códigos y los ojos se les empiecen a humedecer, y su cabeza comience a dar vueltas, y piensen que no son más que líneas y líneas de números, letras y símbolos que no tienen ningún sentido. Lo pillo. Pero para una programadora seria como yo, es como mirar un rompecabezas gigante lleno de piezas únicas. Hay una forma de hacerlo para que todo encaje y funcione, y tú eres la que debe conseguirlo.

Esta tarde he terminado un código para el nuevo aparato en el que estoy trabajando. Si dejase que Camryn le pusiese un nombre, se llamaría algo así como «collar alterador de voces que cambia tu voz para que parezca que es la de otra persona» (Camryn es genial inventando cosas, pero no poniéndoles nombre). Así que, por ahora, lo llamo sencillamente «collar alterador de voces». Básicamente, quiero grabar la voz de cualquiera y crear un código que altere mi propia voz para que suene como la de ellos, con todas las tonalidades e inflexiones que las hacen únicas. Empecé con la voz de Adrienne para ver si funcionaba, pero el fin último es escribir un código para algunos hackers que han atacado NOV8. Ser capaz de reproducir sus voces podrá ayudarnos en alguna de nuestras misiones e incluso obtener información de alto secreto.

Me puse a grabar la voz de Adrienne. Estuve en el Café Attoms ayer y la grabé hablando con los clientes una hora entera. Luego, me pasé toda la noche escribiendo un código que imitara su voz. Le di los toques finales al código y parecía que todo funcionaba como debía. Escuché una vez más algunas grabaciones para asegurarme de que podía oír la voz real de Adrienne con facilidad, para comparar.

—¡Bienvenidos al Café Attoms! ¿Les gustaría probar la nueva bebida de la casa? Yo lo llamo… ¡el churrochino! —La voz de Adrienne salía de los altavoces de mi ordenador.

Adrienne es probablemente la persona más alegre que conozco. Yo hablo superrápido y se puede decir que estoy de buen humor la mayor parte del tiempo, pero no me podría imaginar estando tan feliz y emocionada cada minuto de cada día. Quería ver si mi aparato podía, al menos, hacerme «sonar» como Adrienne: dicharachera y llena de vida.

Cogí el collar de mi mesa. Lo había hecho como una gargantilla para que se adaptara bien a mi cuello. Que no quedara demasiado ajustado, pero sí lo suficientemente cerca de mis cuerdas vocales como para alterar el tono y el volumen de todo lo que dijese sin que fuese demasiado agobiante. Me lo ajusté y luego me lancé…

—Bienvenidos al Café Attoms —dije—. Me llamo Adrienne Attoms y soy química culinaria. Y sí, ¡eso existe!

Me quité el collar, totalmente alucinada. ¡Sonaba exactamente igual que Adrienne! ¡Había sido capaz de capturar su voz a la perfección!

—Esto es superfriki —me dije a mí misma.

Bueno, a mí me sonaba bien, pero ¿podría engañar a alguien y que pensara que yo era Adrienne? ¿A alguna de nuestras amigas? Eso ya era mucho más difícil.

Me puse otra vez el collar y llamé a McKeyla, asegurándome de ocultar mi número para que no supiese que era yo. Sonó dos veces antes de que McKeyla contestara.

—¿Sí?

—McKeyla, ¡soy Adri! —dije, con el collar haciéndome sonar igual que Adrienne—. Estaba pensando… —Y ahí me quedé en blanco.

—Estabas pensando…

¿McKeyla me había descubierto? ¡Tendría que haberlo planificado mejor!

—Estaba pensando… en comida.

—Tú siempre estás pensando en comida.

—Sí, esa soy yo. ¡Si algo es típico de Adri es pensar en comida! —Forcé una risa que sonó totalmente como la de Adrienne. Me quedé de piedra—. Estaba probando unas nuevas recetas de galletas supervitamínicas. Quiero que las pruebes cuando vengas al café la próxima vez. ¿Qué te parece? ¿Cómo te «suena»?

—Genial. Me encantan tus recetas.

—Así que te «suena» guay. ¿«Sueno» guay?

—Sí…, pero estás un poco rarita. ¿Qué te pasa?

Me quité el collar y me aclaré la garganta.

—De hecho, soy yo…, Bry. Estaba probando mi nuevo invento…: el collar alterador de voces del que te hablé. Creo que podemos usarlo para imitar las voces de los hackers.

—Guau… Pensé que eras Adri de verdad. Sonabas igual que ella.

—Sí, ¿verdad? He escrito un código basado en las grabaciones que tenía de su voz. —No pude evitar sonreír.

—Está superbién. Avísame cuando el aparato esté completamente listo. Codorniz va a alucinar.

—Hecho. —Entonces nos dijimos adiós y colgamos.

Abrí otra pantalla y tecleé el principio del código que había usado para la voz de Adrienne. Si tuviéramos grabaciones de audio de futuros sospechosos, podríamos crear un código basado en las palabras que usan cuando hablan.

Para aprender más sobre códigos, así como de algunas de mis cosas favoritas, incluyendo sonidos y circuitos, échale un vistazo a lo que viene a continuación.

LOS EXPERIMENTOS DE BRYDEN

- Vamos a conectarnos
- Circuitos en acción
- La luz: un personaje pintoresco
- Clavar la tabla (periódica)
- Lío de flautas
- Míralo: estrellas en movimiento

EXENCIÓN DE RESPONSABILIDAD Este experimento debe estar controlado por un adulto. Nunca uses una pila con un voltaje superior a 1,5. Sigue las instrucciones con cuidado: la conexión incorrecta de los cables puede acabar en un derrame o una rotura de la pila. NO desmontes, pongas al fuego o recargues una pila. Esto puede hacer que las pilas exploten, goteen o causen cualquier daño.

VAMOS A CONECTARNOS

... ¡y a seguir la corriente (de electrones)!

ESTE EXPERIMENTO REQUIERE LA AYUDA DE UN ADULTO.

MATERIALES

- 40 cm de cable de cobre aislado
- un cortacables y un pelacables
- tres clips pequeños de metal
- cinta de pintor
- una bombilla de linterna de 2-3 voltios
- una goma elástica grande de 1 x 5 cm
- una pila de 1,5 voltios (AA o AAA, nueva y que debe ser usada siguiendo las instrucciones del fabricante)
- algunos objetos metálicos y no metálicos

¡PARA REALIZAR LOS PASOS 1-6 SE REQUIERE LA SUPERVISIÓN DE UN ADULTO!

INSTRUCCIONES

1. Corta el cable de cobre por la mitad y pela el revestimiento de los cuatro extremos de cable unos 2 cm.

2. Sujeta con el clip tres de los cuatro hilos desnudos del cable enrollándolos a su alrededor y a través de él varias veces.

3. Extiende el hilo desnudo que ha sobrado en un trozo de cinta de pintor de 1 x 3 cm, a lo largo, y envuelve con él la base cilíndrica de la bombilla de la linterna, de tal manera que el cable toque el metal. La punta inferior de la bombilla debe quedar al descubierto. Ahora tienes un cable con un clip en cada extremo y otro con un clip en un extremo y una bombilla en el opuesto.

4. Envuelve la pila a lo largo con cinta elástica, de tal forma que los dos terminales queden cubiertos. Tiene que quedar ajustado. Desliza el clip de un cable por debajo de la cinta en uno de los extremos de la pila, de modo que el clip quede bien sujeto a él. Coloca el clip del segundo cable por debajo de la cinta en el terminal opuesto de la pila, también muy ajustado. El multímetro ya está listo.

5. Compruébalo acercando el extremo libre del clip a la punta inferior de la bombilla. Debería encenderse.

6. Prueba con varios objetos para ver si conducen la electricidad tocándolos con el clip y la punta inferior de la bombilla a la vez. Si se enciende la luz, el objeto es conductor de la electricidad. Si no lo hace, es aislante. Apunta tus observaciones en la tabla de la página siguiente.

OBSERVACIONES

CONDUCTORES	AISLANTES

RESULTADOS

Los electrones son unas pequeñas partículas de carga negativa que giran alrededor del núcleo de un átomo a una velocidad increíble. Sin embargo, algunos átomos no se adhieren a sus electrones con fuerza. Estos electrones pueden saltar de un átomo a otro con facilidad.

Un extremo de la pila tiene muchos electrones (terminal negativo). El otro extremo no tiene apenas (terminal positivo). Sin embargo, los electrones no pueden ir de un lado a otro, a no ser que se unan los terminales a un material que permita que salten de un átomo a otro y que «fluyan» a través de ellos. A este material se lo conoce como conductor. Muchos metales, como el hierro, el cobre y el aluminio, son excelentes conductores. Este flujo de electrones es lo que conocemos como la electricidad. Un material en el que los electrones no sean capaces de saltar fácilmente de un átomo a otro se conoce como aislante. El cristal, la goma o la madera son ejemplos de buenos aislantes.

Cuando comprobaste el conductor, los electrones pudieron fluir desde un extremo de la pila a través tanto de la bombilla como del material probado, y luego, vuelta a la pila. ¡Se encendió la luz! Cuando probaste el aislante, el flujo de electrones se interrumpió y la luz no se encendió.

PARA QUE LO SEPAS

Los materiales que permiten que los electrones fluyan se llaman conductores. El flujo de electrones a través de los conductores se denomina electricidad. Los materiales que no permiten que fluyan los electrones se llaman aislantes.

COMPRUÉBALO TÚ MISMA

Algunos conductores son mejores que otros. ¿Cómo podría afectar eso a la luz que emana del multímetro?

A. D. I. S. N. DICE:

La clave para usar la electricidad está en controlar a dónde va. Y ahí es donde entran en juego los conductores y los aislantes. Unos proporcionan a los electrones una carretera por la que circular, y los otros, las cunetas que impiden que se salgan de ella. La red eléctrica que abastece nuestras casas, colegios y negocios depende de miles y miles de kilómetros de cableado aislado (¡y a mí me mantiene siempre preparada y cargada para poder corregirte cuando te equivocas!).

CIRCUITOS
EN ACCIÓN

¡Hazte con el programa!

MATERIALES

- ★ una perforadora
- ★ una cartulina finita de 20 x 30 cm
- ★ ocho tiras de papel de aluminio de 4 x 30 cm cada una
- ★ un multímetro (del experimento «Vamos a conectarnos» de Bryden)
- ★ cinta de pintor
- ★ unas tijeras
- ★ un rotulador
- ★ un juego de preguntas y respuestas

INSTRUCCIONES

1. Con la perforadora, haz ocho agujeros en cada uno de los márgenes largos de la cartulina, a unos 2 cm de los bordes y separados 3 cm entre sí. Los agujeros deben estar alineados por pares en la página.

2. Dobla dos veces, longitudinalmente, las ocho tiras de papel de aluminio de 4 x 30 cm por la mitad para que te quedes con ocho tiras de 1 x 30 cm cada una.

3. Coloca una tira de modo que cubra un agujero de la cartulina en el lado izquierdo y uno en el derecho al mismo tiempo. Como los agujeros no deben estar directamente enfrente los unos de los otros, la tira debe quedar en diagonal. Con un trozo largo de cinta de pintor, cubre y pega la cinta entera de papel de aluminio a la cartulina. Asegúrate, no obstante, de que puedes ver el papel de aluminio a través de los agujeros por el otro lado.

4. Repite este paso con las otras siete tiras hasta que todos los agujeros estén conectados en parejas. Observa qué agujeros están conectados entre sí. Recorta el papel de aluminio y la cinta de pintor que sobresalgan de los bordes de la cartulina.

5. Dale la vuelta a la cartulina y escribe una pregunta junto a cada agujero de la izquierda. Escribe las respuestas junto a los agujeros de la derecha. Asegúrate de que cada tira de aluminio conecta el par correcto de pregunta-respuesta. Acabas de «programar» tu ordenador.

¡ASEGÚRATE DE QUE TIENES A UN ADULTO CERCA PARA AYUDARTE!

6 Es el momento de «encender» tu ordenador y probarlo: usa el multímetro para emparejar las preguntas con las respuestas. Toca con un extremo de este un agujero al lado de una pregunta y localiza la respuesta correspondiente tocando los agujeros de al lado de las respuestas con el otro extremo. Si marcas la respuesta correcta, se encenderá el multímetro.

7 Si quieres, puedes hacer juegos de preguntas y respuestas adicionales en hojas de papel y ponerlas encima de tu ordenador, alineándolas con los agujeros.

OBSERVACIONES Y RESULTADOS

Cada vez que emparejes una pregunta con una respuesta, habrás completado un circuito. La electricidad pudo fluir desde la pila a través de la tira de papel de aluminio, atravesar la luz y volver a la pila. Lo que convierte tu artilugio en un ordenador es que has asignado un significado a un circuito que estaba completo u *on* (respuesta correcta), y un significado a otro que no estaba completo u *off* (respuesta incorrecta). Los ingenieros informáticos denominan a esto código binario y usan un 0 (*off*) o un 1 (*on*) para marcar las dos posibilidades. Los ordenadores modernos pueden tomar millones de decisiones de este tipo en fracciones de segundo, dando vida a todos los programas y aplicaciones que existen. Tu ordenador solo tiene ocho circuitos, pero ya puedes ver lo útil que es como herramienta de aprendizaje.

PARA QUE LO SEPAS

Los ordenadores dependen de circuitos que están encendidos (1) o apagados (0). Se puede programar información en ellos usando este código binario.

COMPRUÉBALO TÚ MISMA

¿Por qué tuviste que usar cinta de pintor para construir este ordenador? ¿Qué otro material, en vez de papel de aluminio, podrías haber usado?

¡SUBE DE NIVEL!

A. D. I. S. N. DICE:

Los ordenadores están por todas partes. En casa, en el insti y en el trabajo. Son increíblemente útiles y ponen la información al alcance de nuestra mano (¡y a Bryden, pegada a la pantalla las veinticuatro horas del día!). Sin embargo, su utilidad depende de cómo entendamos nosotros su funcionamiento (¡y saber lo que es un circuito es solo el comienzo!).

LA LUZ:
UN PERSONAJE PINTORESCO

¡Mézclala para obtener una nueva tonalidad!

MATERIALES

- pañuelos de papel rojos, azules y verdes
- tres linternas led iguales
- gomas elásticas
- lápices de colores
- una habitación oscura
- una hoja blanca de papel (puede ser papel de la impresora)

INSTRUCCIONES

1. Duplica el grosor de cada pañuelo de papel y cubre la lente de cada linterna con un color diferente. Usa las gomas elásticas para sujetar el pañuelo de papel a la linterna. Tendrás una linterna cubierta de rojo, otra de azul y otra de verde cuando hayas terminado.

2. Colorea en el diagrama de abajo las secciones roja, azul y verde que no se solapan.

3. Necesitarás trabajar en una habitación a oscuras, pero antes de apagar todas las luces pon una hoja de papel blanco encima de la mesa.

4 Sujeta la linterna roja en una mano y la verde en la otra. Ilumina los círculos de luz coloreados a cada lado en la hoja de papel y acércalos poco a poco. Colorea el espacio apropiado que se superpone en el diagrama de la página anterior.

5 Repite el experimento con las linternas verde y azul. Colorea el espacio apropiado que se superpone en el diagrama.

6 Repite el experimento con las linternas azul y roja. Colorea el espacio apropiado que se superpone en el diagrama.

7 Con la ayuda de un amigo, junta los tres rayos de color de las tres linternas sobre el papel. Anota el resultado en el diagrama de la página anterior.

OBSERVACIONES Y RESULTADOS

La luz que se ve es una forma de energía que podemos detectar con la vista. Nuestros ojos tienen en la retina unas células detectoras del color llamadas conos que reaccionan a los distintos colores de la luz. Cuando se juntan varios colores de luz, nuestros ojos detectan la nueva combinación y el cerebro lo interpreta como un color diferente.

Si empiezas con un conjunto de tres colores primarios, puedes mezclarlos en distintas proporciones para obtener todo un abanico de colores que se corresponden bastante bien con los que se encuentran en la naturaleza. Los colores primarios, cuando se juntan los tres a la intensidad correcta, producen luz blanca. Un conjunto habitual de colores primarios son el rojo (R), el azul (B) y el verde (G). Las iniciales entre paréntesis son por sus siglas en inglés y porque así se conocen en el lenguaje informático. Si se combinan sistemáticamente, producen un conjunto de colores secundarios: cian, magenta y amarillo. Estos son los colores que has observado y coloreado en las partes superpuestas del diagrama de la página 99. Cuando los tres colores se solaparon correctamente, lo que viste fue el blanco. Así que no tuviste que colorear el centro del diagrama.

R + G = AMARILLO

G + B = CIAN

B + R = MAGENTA

R + B + G = BLANCO

Probablemente, ya te has dado cuenta de que se puede variar el brillo de las luces subiendo o bajando el brillo de las linternas que alumbran el papel. Esto hace que vayan cambiando uno por uno los colores de los círculos de luz superpuestos.

PARA QUE LO SEPAS

La luz que vemos es normalmente una mezcla de colores. Puedes tener un abanico completo de colores usando solo los tres primarios: el rojo, el azul y el verde. Cuando los tres están presentes en la proporción correcta, se obtiene luz blanca.

COMPRUÉBALO TÚ MISMA

Si cambiases el grosor de los pañuelos de papel, ¿obtendrías colores distintos?

Si hicieses combinaciones de papel distintas con las linternas, ¿tendrías colores diferentes?

Si usases pinturas en vez de luz en este experimento, ¿conseguirías resultados similares?

A. D. I. S. N. DICE:

Los distintos colores de la luz se pueden combinar para crear nuevos colores. Los colores primarios se usan para producir imágenes a todo color en la tele, el ordenador, las cámaras de fotos y…, ejem…, las pantallas de las tablets. (¿Por qué si no iba a estar yo tan conseguida?)

CLAVAR
LA TABLA (PERIÓDICA)

¿Dónde estás?

MATERIALES

- esquema de cuadraditos de elementos
- tabla periódica

INSTRUCCIONES

1 En el esquema de abajo se muestran los ejemplos de cinco elementos etiquetados con su número atómico. Escribe los números en la tabla de observaciones.

2

Con el número atómico, puedes averiguar el símbolo químico de cada elemento localizándolo en la tabla periódica. Anótalo en la tabla de observaciones.

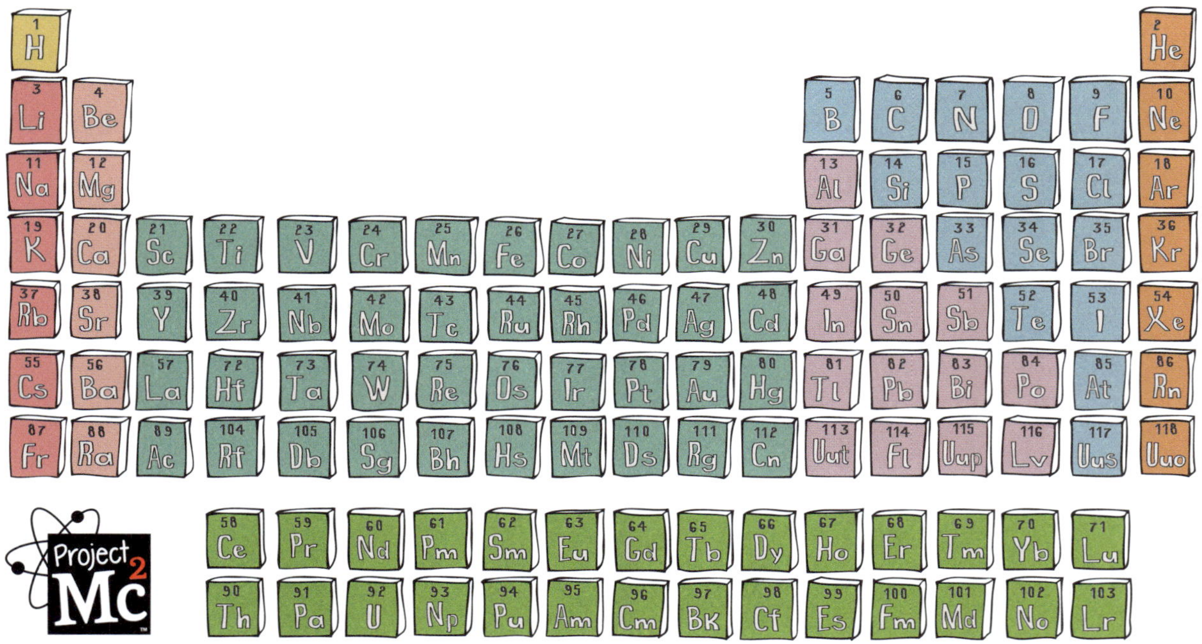

3

El símbolo químico de la tabla de arriba es solo una abreviatura del nombre real del elemento. ¡Tu misión es encontrar los nombres completos buscándolos en la biblioteca o en internet! Los científicos publican su trabajo para que otros científicos puedan aprender de sus experimentos y descubrimientos y trabajar sobre ellos. Investigar es una manera genial de aprender, inspirarse y ¡de que se te ocurran nuevas ideas!

OBSERVACIONES

NÚMERO ATÓMICO	SÍMBOLO QUÍMICO	NOMBRE QUÍMICO

RESULTADOS

Cada elemento químico está identificado por el número de protones que se encuentran en el centro de su átomo, llamado núcleo. El hidrógeno (H) tiene el número atómico 1, que significa que tiene un protón en su núcleo. El bromo (Br) tiene 35 protones. Los elementos se disponen en una tabla de acuerdo con su número, y van de izquierda a derecha en filas sucesivas. Date cuenta, por ejemplo, de que los elementos 29 y 30 de tu tabla de observaciones están el uno junto al otro. Se llama tabla periódica porque algunas propiedades de los elementos se repiten periódicamente según vas bajando por las filas.

PARA QUE LO SEPAS

Los elementos están identificados por el número de protones de sus átomos, lo que se conoce como el número atómico. Los elementos se organizan en la tabla periódica por su número atómico.

COMPRUÉBALO TÚ MISMA

¿Por qué el símbolo químico no se establece simplemente con las dos primeras letras del nombre de cada elemento?

A. D. I. S. N. DICE:

La tabla periódica es muy útil porque los elementos de arriba y abajo tienen propiedades parecidas. ¿Te has dado cuenta de que los elementos elegidos para este experimento son todos metales comunes? Algunos metales preciosos, como el oro, la plata y hasta el platino, se encuentran en los dispositivos electrónicos cotidianos…, ¡como yo! ¡Lo que significa que YO soy preciosa! (También puedes hacer como Bryden ¡y usar los símbolos químicos de la tabla periódica para crear eslóganes superchulos! ¿OK?).

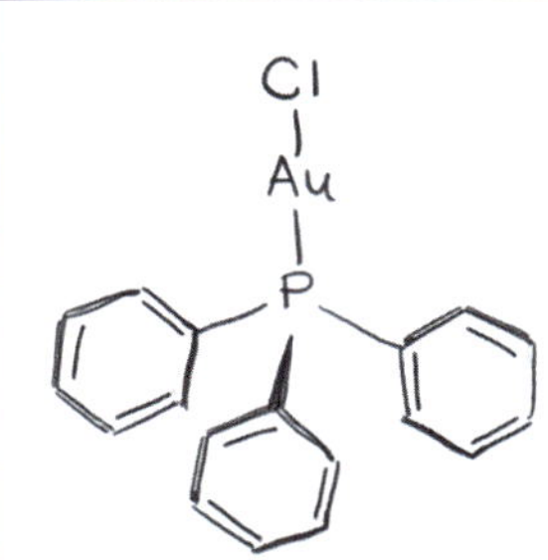

LÍO DE FLAUTAS

¡Existe algo más aparte de la música electrónica!

ESTE EXPERIMENTO REQUIERE LA AYUDA DE UN ADULTO.

MATERIALES

- ★ 60 cm de tubos de plástico CTS CPVC de 11/4 o tubos de evacuación 40 de plástico PVC
- ★ una sierra (¡solo para que la usen los adultos!)
- ★ una regla y un lápiz
- ★ papel de lija
- ★ lana de acero
- ★ cinta de pintor
- ★ rotuladores de colores o hilos de colores (opcional)

INSTRUCCIONES

¡ESTE PASO ES SOLO PARA LOS ADULTOS!

1. Para formar un grupo de flautas, pídele a un adulto que corte cinco trozos de tubos de plástico con las siguientes medidas: 154 mm, 137 mm, 121 mm, 98 mm y 87 mm. Asegúrate de que los cortes están justo a 90º. Suaviza los bordes con papel de lija y, si quieres, quita el texto que esté escrito en los tubos con lana de acero. (Los tubos de color marfil CTS CPVC son más estrechos y más fáciles de tocar, pero los de PVC normales también funcionan).

2. Sella un extremo de cada tubo con una tira corta de cinta de pintor lo más tirante posible sobre la apertura. Añade una segunda capa. Envuelve el extremo del tubo con otra tira de cinta de pintor para asegurarlo bien y esconde los bordes de la cinta que cubren el agujero.

3. Prueba cada tubo para asegurarte de que tiene un buen tono. Pega el borde del extremo abierto de cada tubo a tu labio inferior y sopla haciendo ángulo. Si es necesario, ve ajustando la cinta de pintor hasta que obtengas un sonido limpio.

4. Si quieres, puedes decorar los tubos usando rotuladores de colores. Los tubos corresponden a las siguientes notas (del más largo al más corto): do, re, mi, sol y la.

5 Pon los tubos sobre una mesa y alinea los extremos abiertos. Pégalos juntos, a unos 2 cm por debajo de los extremos, con una tira de cinta de pintor, dándole la vuelta al menos dos veces. Repite unos centímetros por debajo para que los tubos se mantengan bien unidos.

6 ¡Ya puedes tocar tu flauta de pan (o zampoña)! Deberías ser capaz de obtener un tono agradable de cada tubo, aunque con los más cortos será más difícil. Ahora, puedes decorar la flauta haciendo dibujos en la cinta de pintor o envolviendo tiras de hilos de colores alrededor del centro, tal y como lo hacen en Sudamérica.

7 Una vez que seas capaz de reproducir las notas, podrías intentar tocar esta musiquilla familiar: mi-re-do-re / mi-mi-mi / re-re-re / mi-sol-sol / mi-re-do-re / mi-mi-mi-mi / re-re-mi-re / do.

8 Si añades más notas, podrás tocar otras tonadas. Estos son los tamaños de los tres tubos que te ayudarán a tocar las notas fa, si y do alto: 113 mm, 75 mm y 71 mm, respectivamente.

OBSERVACIONES Y RESULTADOS

Sopla por cada uno de los extremos de los tubos. ¿Cómo afecta su longitud para que una nota sea más alta o más baja?

El sonido es un movimiento de partículas de aire que va de un lado a otro a causa de un objeto vibrante. Oyes sonidos porque tu oído puede detectar cómo se mueven estas vibraciones a través del aire. Cuando soplas en el extremo superior de los tubos, lo que provocas es que las moléculas de aire vibren dentro de ellos. Esto lo puedes sentir si pones el dedo en el extremo cerrado del tubo mientras soplas.

El número de vibraciones que se obtienen por segundo se llama frecuencia, y esta depende de la longitud del tubo. Cada tubo tiene su propia frecuencia natural: los más largos tienen menos vibraciones por segundo, y los más cortos, más. En terminología musical, la frecuencia se denomina tono y algunas frecuencias especiales se llaman notas. Estas tienen nombres concretos: do, re, mi, fa, sol, la y si.

PARA QUE LO SEPAS

El sonido es la vibración de las partículas de aire que detecta nuestro oído. Una columna larga de aire produce un sonido bajo (baja frecuencia) y una columna corta de aire produce un sonido alto (alta frecuencia).

SIGUIENTE NIVEL

COMPRUÉBALO TÚ MISMA

¿Qué instrumento tiene un sonido más agudo: un flautín o una flauta?, ¿un violín o un violonchelo? ¿Podrías explicar por qué?

A. D. I. S. N. DICE:

El sonido es importante para la comunicación, pero también permite que el ser humano cree la música. Las notas musicales se producen al hacer vibrar las partículas de aire de mil maneras distintas: desde golpear un tambor o hacer vibrar una cuerda hasta soplar por una trompeta. También se usa la electrónica para emular estos sonidos y crear temas de baile superchulos. ¿Qué otra cosa, si no, crees que tiene Bryden tronando en sus cascos?

MÍRALO: ESTRELLAS EN MOVIMIENTO

Si estás viendo las estrellas… ¡es que todo va bien!

MATERIALES

- ★ líquido corrector blanco o pequeñas estrellas de plástico y cinta de doble cara
- ★ un paraguas negro usado
- ★ una carta celeste
- ★ chinchetas y cuerda
- ★ un tubo de cartón

INSTRUCCIONES

1 Con el líquido corrector blanco, pinta las constelaciones estelares dentro del paraguas negro abierto, tal y como aparece en la carta de abajo. Solo necesitas una pequeña pincelada por estrella. El mango del paraguas llega al «cielo» a través de la Estrella Polar. Esta estrella es la punta de la Osa Menor (Ursa Minor). No dibujes ninguna de las líneas. (Si usas estrellas de plástico pequeñas y cinta de doble cara en vez de líquido corrector, podrás devolver el paraguas a su estado original al finalizar el experimento).

2. Sujeta el paraguas sobre tu cabeza y hazlo girar lentamente para ver el movimiento de las estrellas.

3. Para obtener un efecto aún más realista, sujeta el paraguas de la puerta por la punta usando una cuerda y una chincheta. Dale un ligero toque para hacerlo girar y túmbate debajo. El giro de la cuerda se desenrollará y se enrollará, haciendo rotar el «cielo». Usa el tubo de cartón a modo de telescopio y mantén la «Estrella Polar» en tu campo de visión.

OBSERVACIONES Y RESULTADOS

Puede que te hayas dado cuenta de que las estrellas parecen moverse durante la noche. Si observas con más detenimiento, veras que parecen rotar alrededor de una sola estrella. Esta estrella se llama Polar y también es conocida como Estrella del Norte.

Sin embargo, las estrellas no se mueven en realidad. Somos nosotros los que nos estamos moviendo debido al movimiento de rotación de la Tierra. Según va girando nuestro planeta, van apareciendo ante nuestra vista nuevas estrellas. El efecto es similar a lo que sucede cuando te montas en un tiovivo y observas lo que hay fuera de él.

La Tierra gira sobre su eje, cuyos extremos se llaman polo norte y polo sur. La Estrella Polar no parece que se mueva porque está justo encima del polo norte. En tu paraguas, tienes que imaginar que el mango representa el polo norte y que se conecta con el cielo en la Estrella Polar. Ahora, los cielos los monitorizan complejos modelos informáticos. Girando el mango para simular la rotación de la Tierra podemos mirar a través de nuestro «telescopio» de cartón para ver las estrellas del paraguas moverse del mismo modo en que las estrellas verdaderas parecen moverse en el cielo.

PARA QUE LO SEPAS

Las estrellas parecen girar alrededor de la Estrella Polar debido a la rotación de la Tierra. La Estrella Polar está justo encima del polo norte.

COMPRUÉBALO TÚ MISMA

Saber que la Estrella Polar está justo encima del polo norte es una manera excelente de saber dónde está el norte. ¿Por qué no siempre se puede confiar en este método para encontrar el rumbo?

A. D. I. S. N. DICE:

Comprender cómo se mueve nuestro planeta en el espacio es el primer paso para entender nuestra relación con el resto de las estrellas y las galaxias. También nos permite hacer cosas tan prácticas como lanzar satélites que nos ayudan a comunicarnos con todo el planeta (¡como los mensajes interplanetarios!).

Parte cuatro:
CAMRYN COYLE

¡LO HE
CLAVADO!

<3

Solo hay una cosa mejor que un monopatín eléctrico: un monopatín superenergizado de alta tecnología con un potenciador térmico avanzado. He estado trabajando en esta actualización desde hace meses, cambiando la última versión que hice e intentando hacerlo perfecto. Me he quedado despierta hasta tarde para terminarlo, pero pasó lo inimaginable: rompí el intensificador térmico de la parte de atrás de la tabla.

Esta mañana me levanté pronto para arreglarlo. Tan temprano que aún era de noche. Tenía solo dos horas antes de vestirme e ir al insti, así que me senté en mi mesa de trabajo y cogí el destornillador, intentando dar lo mejor de mí para que volviese a funcionar el intensificador. El paquete del intensificador se halla en la parte de atrás del monopatín. Está lleno de cables y de una pequeña batería que lo alimenta. Cuando encendía el antiguo intensificador, podía alcanzar los 5 kilómetros por hora. Pero el nuevo me ayudará, por lo menos, a duplicar esa velocidad.

El problema no era fácil de solucionar. Revisé una y otra vez todo el cableado para asegurarme de que ahí no había pasado nada malo (y no era ahí). Todos los cables estaban conectados a los puertos de entrada correctos. Luego comprobé la batería para cerciorarme de que el problema tampoco estaba ahí (que no lo estaba). Era una batería supernueva. Estaba megaemocionada por probar el monopatín en la primera vuelta de prueba, así que había decidido solucionarlo hoy. Pero una hora más tarde estaba empezando a perder la esperanza.

Y entonces... pasó. Hice un descubrimiento increíble. Estaba mirando al infinito (algo que suelo hacer cuando intento resolver un problema de construcción) cuando, de repente, me di cuenta de que tenía puesta la vista en el imán de tamaño industrial del rincón de mi mesa de trabajo. Recordé que la noche anterior, justo antes de que el intensificador fallara misteriosamente, había puesto el patín al lado del imán. El intensificador estaba a un centímetro o dos de distancia. Me pregunté si la carga magnética no habría fastidiado el circuito eléctrico del intensificador. Me puse a ello, recolocando los cables uno a uno, y luego lo volví a encender. ¡Funcionaba! En unos minutos, el intensificador había acelerado mi monopatín otra vez y yo ya estaba lista para dar una vuelta en mi nuevo invento.

Me vestí, me puse el casco, los protectores de codos y de rodillas y me planté en el borde de la calzada con un pie en la tabla. Luego arranqué y salí a la calle. Aceleré y alcancé una velocidad bastante decente antes de agacharme y encender el intensificador. En un segundo me estaba moviendo el doble de rápido que antes. Mi barrio pasaba volando a mi lado, casa tras casa. No tuve que hacer nada más que dejarme llevar. Me incliné hacia delante para torcer hacia el insti.

Según me iba acercando, los estudiantes se giraban para ver cómo llegaba. Debía ir más rápido de lo que pensaba porque la gente empezó a animarme. Una chica incluso levantó la mano y me dedicó el gesto de «¡mola!». Volé subiendo por la rampa hacia la entrada principal y un chico con el pelo morado me abrió la puerta para que pudiera pasar pitando por ella. Al final del pasillo, retrocedí en la tabla, me paré y la hice saltar a mi mano.

—¡Lo he clavado! —dije. Miré alrededor, hacia la multitud que ya se había formado rodeándome. Un grupo de chicas aplaudió. Todo el mundo parecía estar sin palabras.

Lo malo fue que no me di cuenta de que el ayudante del director, el señor Wilson, estaba de pie detrás de mí.

—También te acabas de quedar sin sábado, reina de la velocidad. Nos vemos en la hora de castigo —dijo.

Según se iba, miré el monopatín que tenía en la mano. Los intensificadores aún estaban muy calientes como para tocarlos, pero yo sentía cómo el calor emanaba de ellos. Nunca antes había inventado nada con tanta potencia. Si todos los del cole empezaran a usar el monopatín superenergizado de alta tecnología con intensificador térmico avanzado (soy buena inventando, pero no tanto poniendo nombre a los inventos), los alumnos llegarían en la mitad de tiempo al insti.

Vale, igual he echado a perder un finde perfecto.

Pero ha merecido completa y absolutamente la pena. ¡He tenido el mejor viaje de mi vida! Y, de todas formas, mi monopatín será útil para los servicios de vigilancia de NOV8. Fuera de horario escolar, claro.

Mira alguno de mis inventos favoritos en la parte de experimentos de la página siguiente...

LOS EXPERIMENTOS DE CAMRYN

- Monopatín en las cuestas
- Tienes movimiento
- Look capeado
- ¡Despegamos!
- La arena está caliente; el agua, no
- Ponerse en forma: cúpulas geodésicas

MONOPATÍN
EN LAS CUESTAS

Si lo que quieres es velocidad… y energía.

MATERIALES

- una cartulina
- un coche de juguete
- unas tijeras
- rotuladores de colores
- cinta de pintor
- un trozo de cartón ondulado de 30 x 100 cm
- cosas para adornar
- cinta de medir

INSTRUCCIONES

1. Recorta la cartulina en forma de monopatín, un poquito más grande que el coche de juguete. Colorea y decórala. Dobla el extremo trasero para hacerlo aún más realista. Haz una pequeña onda de cinta de pintor con la parte pegajosa hacia fuera y úsalo para pegar el monopatín de cartulina al techo del coche de juguete.

2. Dobla un extremo de una pieza de cartón a 15 cm del suelo para hacer una rampa. Pon el monopatín en la parte de arriba y suéltalo para que se deslice cuesta abajo y salga de la rampa. Haz varios intentos y apunta en la tabla de la página siguiente la distancia a la que llega el monopatín en cada intento.

3. Eleva el extremo de la rampa de cartón hasta los 30 cm y repite el paso previo. Apunta las distancias en la tabla de la página siguiente.

4. Calcula la distancia media para cada altura de la rampa, añade todas las distancias y divídelas por el número de intentos.

OBSERVACIONES

ALTURA DE LA RAMPA	DISTANCIA RECORRIDA EN CM			
	INTENTO 1	INTENTO 2	INTENTO 3	MEDIA
15 CM				
30 CM				

RESULTADOS

Cuando levantas un peso del suelo, guardas energía en él. En este caso, la energía estaba en el monopatín, y se liberó cuando dejaste que descendiera la rampa. Cuanto más alto subes un peso, más energía almacena. Y cuanta más energía almacena un patín, más lejos llegará. Cuando el patín está en lo alto de la rampa y no se está moviendo, decimos que tiene energía potencial. Cuando se está moviendo, decimos que tiene energía cinética.

Hiciste más de un intento para asegurarte de que la medida tomada era fiable. El cálculo de la media te permite comparar resultados con más facilidad.

PARA QUE LO SEPAS

Hay dos tipos de energía mecánica: potencial y cinética, y la una se puede convertir en la otra.

COMPRUÉBALO TÚ MISMA

¿Qué ocurriría si pusieras en marcha el monopatín en la mitad de la rampa?

A. D. I. S. N. DICE:

¡Estamos rodeados de energía potencial! Pongamos por ejemplo un lago: es una inmensa fuente de energía cuando está embalsado en una presa hidroeléctrica. Cuando fluye colina abajo hacia las turbinas, convierte la energía potencial acumulada en electricidad, lo que hace que siempre tengas tus dispositivos cargados..., ¡como yo!

TIENES
MOVIMIENTO

... así que, ¡ponte a mover cosas!

MATERIALES

- un vaso de plástico de 90 ml
- una perforadora
- amarres de alambre
- una cuerda
- una regla
- algunos libros pesados
- veinte monedas de 1 céntimo
- un reloj de pulsera
- un cronómetro

INSTRUCCIONES

1. Haz dos agujeros con la perforadora en el vaso de plástico, justo debajo del borde, uno enfrente de otro. Asegura el extremo de un amarre de alambre en cada agujero. Acerca los dos extremos restantes de los amarres de alambre y enlázalos unos 2 cm. Con esto formarás una especie de asa de cubo con la parte enroscada sobresaliendo por fuera. Dobla la parte de arriba sobre sí misma para hacer un gancho.

2. Haz un nudo en un extremo de un trozo de cuerda de 30 cm, y luego haz una onda en el otro extremo lo suficientemente larga como para que quepa la regla.

3. Repite el paso previo con un trozo de cuerda de 60 cm.

4. Sujeta la regla con los libros pesados encima y haz que sobresalga unos 10 cm del borde de una mesa.

5. Coge la cuerda corta y cuélgala de la regla. Pon diez monedas de 1 céntimo en el vaso y cuélgalo en un extremo de la cuerda por su pequeño gancho. Ve haciendo balancín con el vaso de un punto a otro de la cuerda. Cronometra cuánto tarda en ir de un sitio a otro diez veces. Repítelo dos veces más comenzando desde distintas posiciones y anota los resultados en la tabla de la página siguiente.

6. Reemplaza la cuerda corta por la larga y vuelve a medir el tiempo que emplea en ir de un extremo al otro diez veces. Repítelo dos veces más comenzando desde distintas posiciones y anota los resultados.

7 Añade otras diez monedas de 1 céntimo al vaso. Mide el tiempo que tarda en balancearse de un sitio a otro diez veces. Repítelo dos veces más comenzando desde distintas posiciones y anota los resultados.

8 Vuelve a poner la cuerda corta. Mide el tiempo que tarda el vaso en ir de un sitio a otro, ahora con veinte monedas. Repítelo dos veces más comenzando desde distintas posiciones y anota los resultados.

OBSERVACIONES

DISTANCIA	PESO	PRIMERA VEZ (SEG)	SEGUNDA VEZ (SEG)	TERCERA VEZ (SEG)
30 CM	10 MONEDAS			
60 CM	10 MONEDAS			
30 CM	20 MONEDAS			
60 CM	20 MONEDAS			

RESULTADOS

Un péndulo es un ejemplo de movimiento armónico simple. Esto significa que la cuerda con peso se mueve de un sitio a otro con un patrón constante. De hecho, la cuerda con peso tarda el mismo tiempo en ir de un lado a otro (su período), sin importar lo lejos que esté la vertical en la que comienza el balanceo. Solo se balancea más rápido si el peso tiene que desplazarse una distancia mayor. Por eso los péndulos son tan útiles en los relojes de los edificios. La gravedad es la fuerza que dirige este movimiento. También es interesante observar que no importa cuánto peso lleve: el período del péndulo permanece igual. Sin embargo, sí se puede cambiar el período cambiando la longitud del péndulo. Un péndulo largo tarda más en balancearse que uno corto.

PARA QUE LO SEPAS

Un péndulo se balancea de un lado a otro durante una determinada cantidad de tiempo, sin importar la distancia desde la que se empuja en la vertical. Se puede cambiar la cantidad de tiempo que dura el balanceo variando la longitud del péndulo.

COMPRUÉBALO TÚ MISMA

¿El período de un péndulo sería el mismo en la Tierra que en la Luna? (Pista: ¿qué fuerza es la causante de que el péndulo vaya de un lado a otro?).

<3

A. D. I. S. N. DICE:

Un reloj de pie es un gran ejemplo de péndulo. Un péndulo construido al revés es lo que hay detrás del mecanismo de un metrónomo, un artilugio que usan los músicos para mantener constante un ritmo o compás. Lo que me recuerda que YO, además de ser un cuaderno genial, soy un músico con muchísimo talento. Venga, abre mi aplicación de música…

LOOK CAPEADO

La densidad es fundamental en la moda.

MATERIALES

- cuatro jarras o vasos transparentes de 180 ml
- cucharas de medir
- 150 ml o diez cucharaditas de alcohol al 96 %
- 120 ml u ocho cucharaditas de aceite de cocinar
- 90 ml o seis cucharaditas de agua
- toallas de papel
- cuentagotas de plástico pequeño
- colorante alimentario (opcional)

INSTRUCCIONES

1. Echa 30 ml (dos cucharaditas) de alcohol en el vaso 1.
2. Echa 30 ml (dos cucharaditas) de aceite de cocinar tanto en el vaso 2 como en el vaso 3.
3. Echa 30 ml (dos cucharaditas) de agua en el vaso 4.
4. Con cuidado, echa 30 ml (dos cucharaditas) de aceite de cocinar en el vaso 1 y en el vaso 4. Mueve el líquido con una cuchara que toque el interior del vaso. Seca la cuchara con una toalla de papel.
5. Echa 30 ml (dos cucharaditas) de alcohol dentro del vaso 2 de la misma manera.
6. Echa 30 ml (dos cucharaditas) de agua de manera similar en el vaso 3.
7. Si es necesario, agítalo ligeramente una vez para suavizar las capas. Si lo mezclas demasiado, se crearán gotitas entre las capas, haciendo que el conjunto no se vea nítido. Apunta los resultados en la tabla de la página siguiente.
8. Con mucho cuidado, añade el contenido del vaso 3 en el vaso 4. Ayúdate con la cuchara, como antes. Deja que se asienten las capas durante un minuto. Limpia la cuchara con una toalla de papel.

9 Ahora, usando otra vez la cuchara, añade lentamente 60 ml (cuatro cucharaditas) de alcohol al vaso 4.

10 Llena el cuentagotas con alcohol apretando la pera del cuentagotas y poniendo la punta en el alcohol, y deja que la pera se expanda. Con cuidado, sumerge la punta del cuentagotas en el vaso 4, de tal manera que la punta esté en el medio de la capa de aceite. Aprieta la pera despacio y anota lo que les sucede a las gotas de alcohol que salen por la punta. Seca el cuentagotas y aclara el interior con agua. Ahora, rellénalo con agua y repite este paso. Anota lo que sucede cuando las gotas de agua salen por la punta.

11 Si quieres, puedes añadir colorante alimentario al alcohol y al agua. Como el aceite ya es amarillo, tendrás tres capas de colores la mar de fashion.

OBSERVACIONES

VASO	ORDEN DE INCORPORACIÓN	CAPA SUPERIOR	CAPA INFERIOR
1	ACEITE AÑADIDO A ALCOHOL		
2	ALCOHOL AÑADIDO A ACEITE		
3	AGUA AÑADIDA A ACEITE		
4	ACEITE AÑADIDO A AGUA		

RESULTADOS

Acabas de superponer tres capas de líquido gracias a una propiedad llamada densidad. La densidad de una sustancia depende de cuánta materia (masa) hay en un espacio dado (volumen). Puedes pensar en ello como una medida de compactibilidad. Esto significa que, si cogieses 30 ml (dos cucharaditas) de tres sustancias distintas y las pesaras, la más ligera sería la menos densa, y la más pesada, la más densa. En el caso de los tres líquidos del experimento, el de menor densidad estaba arriba, y el de mayor densidad, abajo.

PARA QUE LO SEPAS

La densidad es una medida de compactibilidad: la cantidad de sustancia que cabe en un espacio determinado. Las distintas sustancias tienen densidades diferentes. Los líquidos que no se mezclan se pueden apilar por la diferencia de sus densidades.

COMPRUÉBALO TÚ MISMA

Si añades —con cuidado— un trozo de corcho, un poco de cera de vela, un clip de cierre de plástico de una bolsa de pan y un clip de metal a las tres capas, ¿flotarían en la capa superior, en la central, o se hundirían?

¿Qué pesa más, un kilo de ladrillos o un kilo de plumas? (Cuidado…, ¡esta pregunta tiene truco!).

A. D. I. S. N. DICE:

Cuando los científicos estudian los materiales, lo primero que hacen es determinar sus propiedades. Algunas propiedades se pueden observar a simple vista: el color, la textura o el olor. Pero otras tienen que medirse, como la masa y el volumen. La densidad, o cuánto hay dentro de un espacio, es un índice de estas dos cosas y una propiedad fundamental de todos los elementos. Por ejemplo, ¡esta habitación está abarrotada de agentes de NOV8!

¡DESPEGAMOS!

Los cohetes molan un montón,
pero lo que importa es la carga.

MATERIALES

- un trozo de papel de aluminio de 15 x 15 cm
- un bote de plástico de película fotográfica de 30 x 50 mm con tapón a presión
- cinta transparente de acabado satinado
- un corcho de, aproximadamente, 20 x 45 mm
- un rotulador permanente negro
- pastillas antiácido efervescentes
- un vaso de agua
- plastilina

INSTRUCCIONES

ESTE EXPERIMENTO SE TIENE QUE HACER EN EL EXTERIOR.

(También podrían valer otras botellas de plástico pequeñas con tapón a presión, pero los botes de película son lo mejor. Además, se pueden comprar en internet).

1. Enrolla un cuadrado de papel de aluminio de 15 x 15 cm alrededor del bote de película, sin tapar el borde, con el bote abierto y el orificio hacia fuera. Acabarás teniendo un tubo de papel de aluminio con el bote de película dentro de uno de los extremos. Usa un trozo de cinta transparente de acabado satinado para asegurar la unión en la parte que contiene el bote. Es importante que no sobresalga nada del papel de aluminio por encima del bote para que luego el tapón encaje perfectamente.

2. Dale la vuelta al tubo para que la parte abierta del bote quede boca abajo y arroja el tapón de corcho por el otro extremo abierto del tubo de papel de aluminio, de tal manera que quede encima del bote. Aprieta el papel uniformemente alrededor del corcho para que la parte de arriba del tubo sea ahora más estrecha que la de abajo. Redondea el aluminio restante por encima del corcho hasta dejarlo en punta y modela todo el cohete para que parezca liso y simétrico.

3. Saca el bote con cuidado y asegura la unión interior con un trozo de cinta transparente de acabado satinado. Vuelve a poner el bote dentro con la cara abierta hacia el exterior.

4. Dibuja con un rotulador negro permanente algunos elementos típicos de un cohete, como motores, ojos de buey y paneles con remaches.

5. Tu cohete está listo para el lanzamiento. Rompe una pastilla antiácido en cuatro trozos. Sujeta el cohete al revés, firmemente, por el extremo del bote. Coloca un trozo de «combustible» en el bote «motor». Añade una cucharada de agua, sella el tapón y pon el cohete en el suelo. La pastilla empezará enseguida a hacer efervescencia, pero no tengas prisa. Tienes mucho tiempo para hacer esto y lo importante es que el tapón esté cerrado correctamente. Normalmente, el cohete despega a los 30 segundos.

6. Ahora toca averiguar cuánta carga puedes llevar para poder llegar a la órbita terrestre. Elige un punto de referencia apropiado, como un árbol o una valla, de unos 3 m de altura. Pon un trocito de plastilina en la punta del cohete. Lánzalo y observa cuánta altura alcanza. Si vuela muy por encima del punto de referencia, añade más plastilina y vuelve a lanzarlo. Si no sube lo suficiente, quita un poco de plastilina y vuélvelo a lanzar.

7. Una vez que hayas decidido el tamaño correcto, moldea la plastilina como si fuese un satélite y ponlo todo en órbita. ¡Enhorabuena! ¡Ahora eres la directora de un programa espacial de éxito!

OBSERVACIONES Y RESULTADOS

Tu cohete es un ejemplo de la tercera ley del movimiento de Newton: a cada acción, siempre se opone una reacción igual. El ácido cítrico y el bicarbonato de sodio de la pastilla antiácido reaccionaron para formar dióxido de carbono en gas al disolverse en el agua. Se generó muchísimo gas en el bote de película, lo que aumentó la presión. Finalmente, esta fue lo suficientemente alta como para hacer saltar el tapón y dejar que saliera su contenido a toda pastilla. Para compensar esta acción repentina, el bote de película reaccionó estallando en la dirección opuesta, llevándose con él el cohete.

Sin embargo, la fuerza que puede generar un «motor-bote de película» es limitada. Si el peso es pequeño, el cohete llegará bastante lejos. Y si pesa más, la distancia será menor. Un cohete de verdad necesita llegar al menos a los 160 km de altura para alcanzar la órbita terrestre. El punto de referencia que elegiste representa esta altura. Fuiste capaz de averiguar cuánta «carga» puedes «poner en órbita» llevando a cabo una serie de lanzamientos en los que variaste el peso y observaste la altura. Los científicos que se encargan de lanzar cohetes al espacio son capaces de calcular el peso basándose en el tamaño del motor del cohete, y así no necesitan hacer múltiples lanzamientos.

PARA QUE LO SEPAS

Los motores de los cohetes funcionan expulsando gases a alta presión, haciendo que el cohete salga en la dirección opuesta. El tamaño de la carga depende de la potencia del motor.

A. D. I. S. N. DICE:

Hay más de 1.100 satélites en activo orbitando alrededor de la Tierra hoy en día... Y ninguno estaría ahí si no fuera por los cohetes. Nos ayudan en las comunicaciones, en la predicción del tiempo y a cartografiar el mundo.

COMPRUÉBALO TÚ MISMA

¿Por qué los satélites van normalmente dentro del cohete y no pegados a él?

LA ARENA ESTÁ **CALIENTE**; EL AGUA, **NO**

No te olvides de las chanclas.

MATERIALES

- 45 ml o tres cucharaditas de arena
- 60 ml o cuatro cucharaditas de agua
- dos vasos o jarras de cristal de 120-180 ml
- una caja de zapatos
- una lámpara de mesa
- dos termómetros de temperatura del aire

INSTRUCCIONES

1. Añade 45 ml (tres cucharaditas) de arena a una jarra y 60 ml (cuatro cucharaditas) de agua a la otra.

2. Pon la caja de zapatos sobre una mesa y coloca la lámpara encima.

3. Con cuidado, coloca las dos jarras dentro de la caja de zapatos y asegúrate de que ambas están a la misma distancia de la lámpara.

4. Mira los termómetros y averigua qué unidad usan para medir la temperatura. Rodea la unidad que estás usando en la tabla de la página siguiente.

5. Pon los termómetros dentro de las jarras de cristal y apunta la temperatura que indican en la tabla de la página siguiente.

6. Enciende la lámpara y apunta la temperatura del agua y de la arena cada 2 minutos durante 20 minutos.

7. Apaga la lámpara y quita los termómetros de las jarras. Palpa la temperatura del agua y de la arena con los dedos.

8. Calcula el cambio de temperatura restando la del minuto 0 a la del minuto 20.

OBSERVACIONES

TIEMPO (MIN)	TEMPERATURA DEL AGUA (°C)	TEMPERATURA DE LA ARENA (°C)
0		
2		
4		
6		
8		
10		
12		
14		
16		
18		
20		
CAMBIO DE TEMPERATURA		

Pág. 144

RESULTADOS

El aumento de la temperatura es mayor en la arena que en el agua. La arena se nota más caliente que el agua. Bajo las mismas condiciones ambientales, la arena se calienta más rápido que el agua. Esta es la razón por la que en verano, en la playa, la arena está caliente y el agua se mantiene fría.

Cuánto se calienta una sustancia depende de su estructura molecular y de la cantidad de energía que acumula. La propiedad que acabas de examinar se llama calor específico. Las distintas sustancias tienen calores específicos diferentes. El agua tiene más calor específico que cualquier sustancia cotidiana que utilizamos. Eso significa que hace falta mucha energía para calentarla y aumentar su temperatura. La arena es todo lo contrario y su calor específico es bajo.

PARA QUE LO SEPAS

La capacidad para absorber calor y calentar es distinta en cada sustancia. Esta propiedad se llama calor específico.

A. D. I. S. N. DICE:

El agua ayuda a regular la temperatura de la Tierra. El hecho de que tenga un calor específico alto significa que el agua puede absorber muchísima energía y, aun así, calentarse lentamente. También se enfría despacio, así que la temperatura general no varía mucho. Esto es esencial para la vida (y para chicas listas como Camryn).

COMPRUÉBALO TÚ MISMA

Si en vez de arena hubieses usado harina como sustancia sólida, ¿qué temperatura habría alcanzado?

PONERSE EN FORMA: CÚPULAS GEODÉSICAS

ESTE EXPERIMENTO REQUIERE LA SUPERVISIÓN DE UN ADULTO.

¡Llega hasta lo más top!

MATERIALES

- 16 platos de papel finos y baratos
- un lápiz
- un transportador
- unas tijeras
- una regla
- una grapadora

INSTRUCCIONES

1. Marca el centro exacto de un plato de papel. Dibuja una línea recta desde este punto hasta el borde del plato. Con la ayuda de un transportador, dibuja dos líneas más hasta el borde del plato con un ángulo de 120º desde la primera línea y entre ambas. Conecta las tres marcas espaciadas con la misma distancia hasta el borde del plato con una línea a lápiz. Corta a lo largo de las líneas exteriores para obtener un triángulo.

2. Usando el triángulo como plantilla, traza la forma triangular en los quince platos. Dobla hacia arriba los bordes curvados del plato con la ayuda de una regla. Deberías acabar con unos triángulos con solapas hacia arriba en los tres lados.

3. Alinea los dos bordes rectos y grapa las solapas de dos platos en dos lugares. Sigue grapando cinco platos juntos, lado con lado, hasta que hayas formado un pentágono flexible.

4. Grapa cinco platos más a los lados libres del pentágono para que adquiera la forma de una estrella.

5. Grapa los cinco platos restantes entre cada punto de la estrella por ambos lados. La estructura general se hará más rígida y parecerá una canasta. Pon la estructura sobre la mesa y analízala.

6. Si quieres, puedes recortar las solapas para realzar la estructura geodésica, pero no es necesario para este experimento.

¡ASEGÚRATE DE QUE TIENES A UN ADULTO CERCA PARA AYUDARTE EN LOS PASOS 3, 4 Y 5!

OBSERVACIONES

¿De qué forma geométrica es el centro de cada esquina (vértice)?

¿Cuántos vértices hay? ¿Cuántos bordes? ¿Cuántos lados?

Presiona suavemente el vértice superior. Observa cómo se dobla la estructura.

Presiona suavemente el centro del triángulo superior. Observa cómo se dobla la estructura.

RESULTADOS

Una cúpula geodésica es una figura curva hecha de figuras geométricas repetidas. La estructura total suele ser parte de una esfera, mientras que la figura geométrica es con frecuencia un triángulo. Básicamente, lo que estás intentando construir es una forma redondeada usando solo líneas rectas.

Para construir estructuras, una esfera o cúpula es una forma muy práctica porque aúna la mayor cantidad de espacio con la menor cantidad de área de superficie. Esto significa que necesita menos materia para su construcción. Usar triángulos como armazón le da mucha fuerza a la estructura porque el peso se reparte equitativamente. Esto es lo que estás probando al presionar sobre las distintas partes de la estructura. Una ventaja adicional es que no necesitas un armazón aparte para que se sostenga: la estructura en sí es el armazón. No necesita pilares ni vigas de apoyo.

La figura que has creado forma parte en realidad de un icosaedro. Este es una forma sólida de 20 lados hecha exclusivamente de triángulos. Tendrías que añadir cinco triángulos más de platos de papel por debajo de tu estructura para convertirla en un icosaedro. A pesar de todas las líneas rectas de las que está hecho, sorprendentemente, el icosaedro tiene forma redonda y, por tanto, es un buen lugar desde el que empezar cuando se construye una cúpula geodésica.

PARA QUE LO SEPAS

Una cúpula geodésica es una estructura curva construida por formas geométricas repetidas. El diseño es excepcionalmente fuerte, lo que permite usar materiales de construcción muy ligeros.

COMPRUÉBALO TÚ MISMA

El icosaedro es una forma sólida de veinte lados hecha de triángulos. ¿Cuál sería el número mínimo de triángulos que se necesitarían para crear una forma sólida? (Pista: se llama tetraedro).

A. D. I. S. N. DICE:

En principio, las cúpulas geodésicas pueden ser enormes. Los científicos e ingenieros han diseñado algunas lo suficientemente grandes como para envolver una ciudad entera. Una estructura así puede ser muy útil, ¡sobre todo en la Luna! (un lugar al que yo algún día viajaré, ¡y seré el primer diario interactivo espía de inteligencia digital avanzada en el espacio!).

OBSERVACIONES CIENTÍFICAS

¡ACOMPAÑA A LAS CHICAS MÁS LISTAS DEL INSTITUTO MAYWOOD GLEN EN SU NUEVA MISIÓN!

AGRADECIMIENTOS

GRACIAS DE CORAZÓN A ESTOS AGENTES SECRETOS:

Michael Anderson
Alessandra Bellissimo
Juli Boylan
Lisa Foster
Paula Garcia
Anne Gates
Leah George
Sam Khare
Minna Kim
Isaac Larian
Amritz Lay
Ilse Lopez
Alexandra Mack
Corinne Mescher
Sadaf Cohen Muncy
Tamara Rothenberg
Danica Scaglione
Jeff Vinokur
Andy Yeatman

Mc²

Project Mc^2 ™